北条義時

「武士の世」を創った男

嶋津義忠

PHP文庫

○本表紙図柄＝ロゼッタ・ストーン（大英博物館蔵）
○本表紙デザイン＋紋章＝上田晃郷

北条義時◎目次

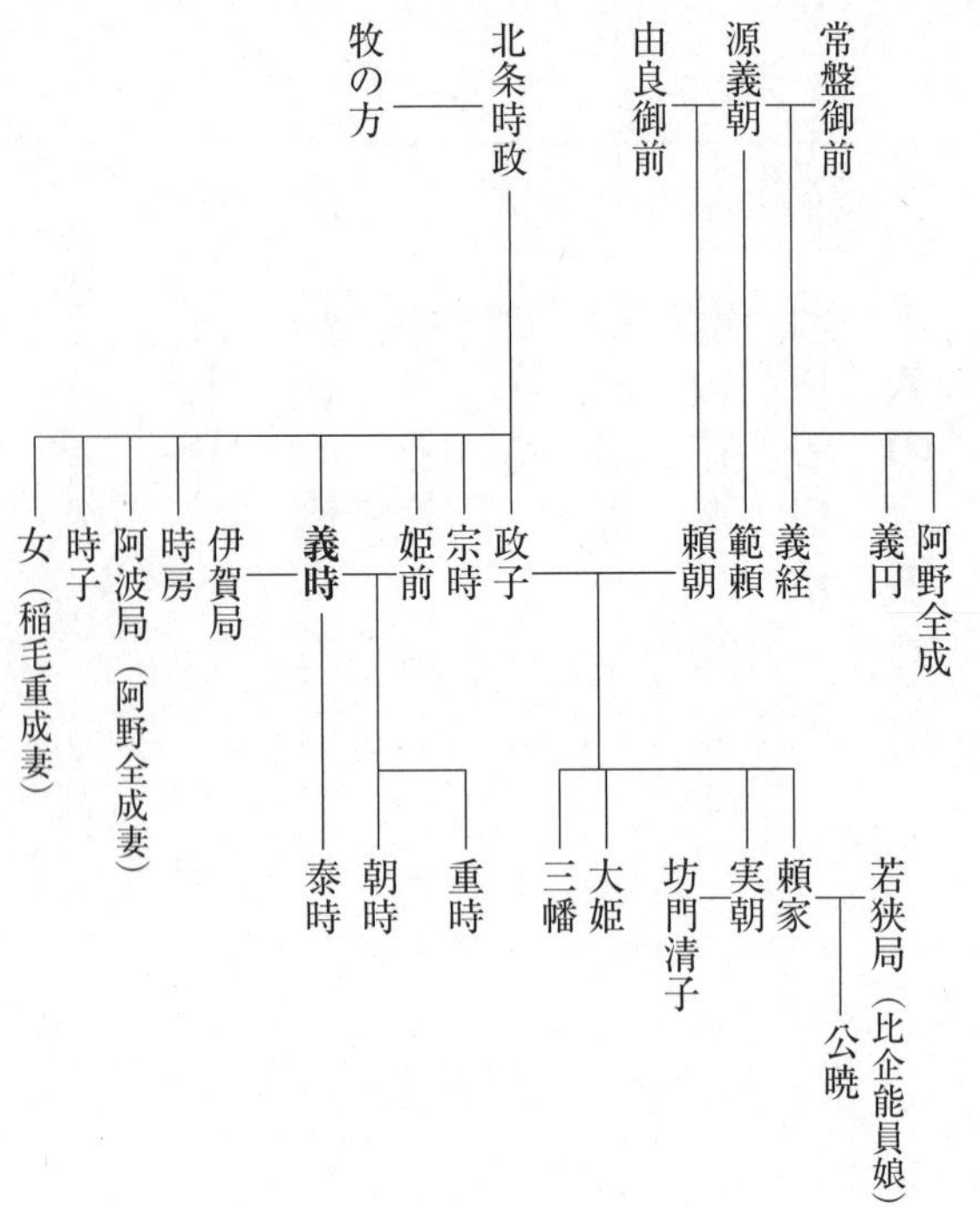
〈源氏・北条氏相関図〉
常盤御前
源義朝
由良御前
北条時政
牧の方
阿野全成
義円
義経
範頼
頼朝
政子
宗時
姫前
義時
伊賀局
時房
阿波局（阿野全成妻）
時子
女（稲毛重成妻）
若狭局（比企能員娘）
公暁
頼家
実朝
坊門清子
大姫
三幡
重時
朝時
泰時

〈鎌倉幕府の有力御家人〉

大江広元　頼朝の側近。鎌倉幕府の政所初代別当。

比企能員　源頼朝の乳母である比企尼の甥にして養子。娘は若狭局。

安達盛長　頼朝の流人時代からの側近。

梶原景時　頼朝の寵臣で頼家の宿老。

三浦義澄　頼朝、頼家二代にわたって宿老を務める。

三浦義村　義澄の息子。妻は公暁の乳母。

和田義盛　三浦氏の一族。鎌倉幕府の初代侍所別当。

三善康信　下級公家出身。鎌倉幕府の初代問注所執事。

畠山重忠　武勇の誉れ高く、清廉潔白な人物。妻は義時の妹。

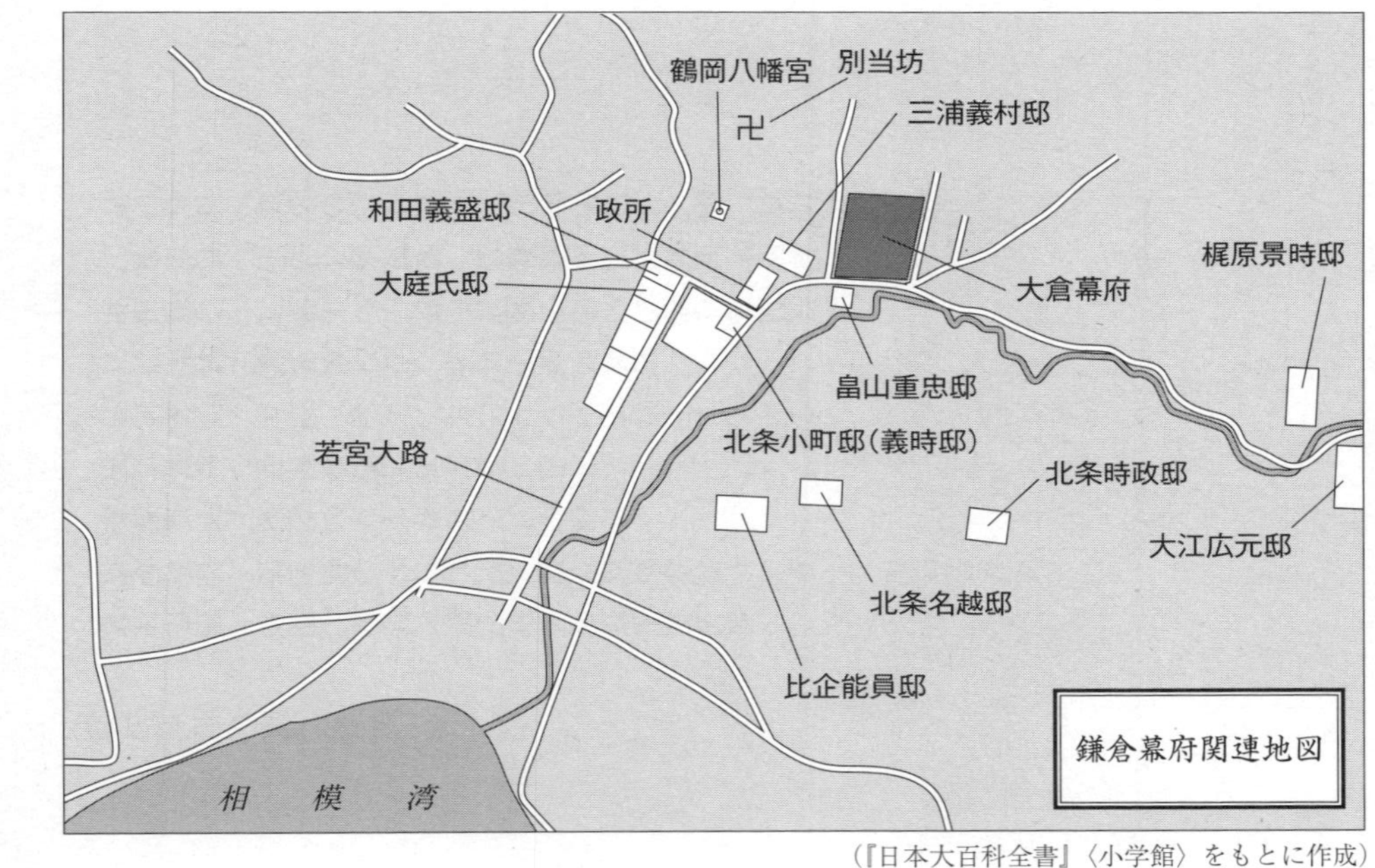

（『日本大百科全書』〈小学館〉をもとに作成）

一章　石橋山

一

雨は小降りになった。北条義時（よしとき）は伏せていた顔を上げて、山中の闇の中へ鋭い視線を走らせる。兜（かぶと）が重い。全身が雨に濡れてしまったが、寒くはない。十八歳の義時の体中には、熱い血潮が駆け巡っていた。

「なにか見えるか」

と父の時政（ときまさ）が声を掛ける。

野太い声を潜めている。兜はどこかへ吹っ飛び、鎧（よろい）の草摺（くさずり）の一部が斜めに垂れ下がっていた。

「近くに敵の気配はありませぬ」

「そうか」

郎党の三名を加えた五名が、椎の巨木の下、灌木の繁みに身を潜めていた。こうして、どれほどの時を経たか、義時にも分からない。

「腹が減ったのう」

と時政が言った。

「それがしもご同様でございまする」

郎党の一人が同意して、五名は小さい笑声を上げた。

「佐様はご無事に脱出なされたでしょうか」

と別の郎党が訊く。

「さて、どうであろうか」

時政の声には確信がない。

右兵衛権佐　源　頼朝ともあろうお方が、むざむざと敵の手に掛かるとは義時には思えない。馬上の頼朝があの大力で次々と矢を射る姿を、義時は確と見届けている。そのたびに敵は馬上から転げ落ちた。

「心配いたすな。佐様は間違いなく落ち延びられたわ」

と義時は言った。

一陣の風が樹々の間を吹き抜けて行った。雨垂れが五名に降り掛かり、義時は、一瞬、ひやり、とした。恐怖に囚われているわけではない。義時の体を熱くしているのは、戦い続ける勇気と、必ず勝ちを手中にする頼朝への信頼だった。

「馬が見つからぬかのう」と時政が言った。「馬なら、この闇の中からわれらを救い出してくれように――」

「あっ」

と義時は声を呑んだ。

彼らは山の斜面に身を置いている。その右手下方の闇の一点に、微かな明りが瞬いたようだった。敵はいまだに掃討作戦を続行している。ということは、頼朝が彼らの手に落ちていないことを意味する。

「親父殿、ここを離れましょう」

と義時は時政に言った。

「しかし、この闇夜ではどうにもなるまい」

「とにかく、上へ登るのです。山を越えてしまえば――」

そう言ったとき、義時は右の脇腹に鋭い痛みを感じた。

頼朝率いる三百騎がここ石橋山に到着したのは、今日、治承四年（一一八〇）八月二十三日の夕暮だった。頼朝軍は伊豆の北条館を発すると、熱海を経て伊豆山を越え、海沿いの道を進軍して来た。

頼朝の狙(ねら)いは、相模(さがみ)の豪族三浦義澄(よしずみ)率いる一族と相会(あいかい)して、相模を平定することだった。ところが、三浦軍は降り続く雨で増水した酒匂川(さかわがわ)を渡河(とか)出来ずに、北岸で足踏みしている。

頼朝軍が石橋山に着いたときには、相模の大庭景親(おおばかげちか)ら相模、武蔵(むさし)の平家の軍勢三千騎が行く手に待ち構えていた。背後には、伊豆の伊東祐親(すけちか)の三百の軍勢が迫って来た。

大庭は三浦軍が到着する前に、頼朝を屠(ほふ)る決心をした。数え切れぬほどの松明(たいまつ)に火が点じられて、大庭軍の騎馬が大挙して襲い掛かって来た。これを頼朝軍が迎え撃つ。激戦になった。日が暮れ、いつしか雨になった。

石橋山は箱根外輪山の東の裾(すそ)が、相模湾に雪崩(なだ)れ込む山の端に位置する。眼下に白波が打ち寄せ、その先には三浦半島が望見出来る。西は深く険しい山中である。

道幅が狭いゆえ、戦いの場は広がらなかったが、大庭軍の放つ無数の矢が頼朝軍を苦しめた。多勢に無勢、たちまち、頼朝軍は完膚(かんぷ)なきまでに打ち破られ、討死する者が続出する。軍は散り散りに分断されて、時政も義時も頼朝の姿を見失った。

義時は矢を払ったとき、不覚にも落馬した。身を捻(ひね)って巧みに着地し、迫り来る敵を一太刀で斬り伏せる。山中へ逃げ込んだが、雑兵に囲まれた。鮮やかな太刀捌きを見せて、囲みを破る。不思議と体がよく動いてくれて、それが快い。北条勢は一人の脱落者もなく一処に集まることが出来た。兄の宗時もいた。

「別れよう」

と時政が言った。

危機に際して、父と嫡男が一緒にいては、万一の場合、血筋が絶える可能性が高い。時政と嫡男の三郎宗時は二手に分かれて、石橋山を脱出することになった。次男の小四郎義時は父に従った。

義時が右脇腹に痛みを覚えたのは、闇の底から飛来した矢が掠めたゆえだった。傷は浅いが、矢は盲滅法に飛んで来る。敵に発見されたわけではなさそうだった。主従五名は無言で灌木の繁みを出て、手探りで斜面の上を目指す。やがて、全員が息切れして、動きを止めた。

「かくなった上は、甲斐へ抜け、甲斐源氏を頼って再起を期すが良策と思う」

と時政が言った。

親父殿は弱気になっておられる、と義時は思った。

「その前に佐様の安否を確かめた上で、しばらくお側にいるべきではありませぬか」

いまは、あくまで頼朝を守り抜かねばならない時ではないのか。

「小四郎はそう思うか」

「一兵でも多くお側にいるべきか、と」

「その佐殿の行方が分からぬではないか」

「ご無事なら、恐らく椙山の辺りではないか、と考えられます」

頼朝の側近に土肥実平がいる。実平は土肥（湯河原）の土豪で、この地の地理に詳しい。椙山は土肥の奥山である。実平が脱出の案内に立ったはずで、実平なら椙山を経て箱根へ抜ける経路を採る、と考えられる。

「そうか」

時政は小考し、

「よし。ここは小四郎に任せよう」

と決断した。

すべては六日前の頼朝の命による山木館への夜襲に始まった。山木館は伊豆の目代山木兼隆の館である。時政も山木に仕える下級官吏の一人だった。時政ら数十の騎馬武者が不意を衝いて、この山木の首級を挙げた。義時も時政に従って、この夜襲に加わった。初めて人を斬った。その興奮がいまだに体に残っている。

　平家討伐の兵を挙げたのは、後白河法皇の第三皇子以仁王と摂津源氏の源頼政だった。以仁王は平家討伐の令旨を諸国の源氏に発した。この令旨を手渡し、決起を促して歩いたのは源行家だった。行家は頼朝の叔父に当たる。

　令旨を受け取って、頼朝はしばらく静観していた。が、平家が諸国の源氏を討伐する動きを見せ始めた。座視していては、間違いなく目代の餌食になる。そう判断した頼朝は決起を決断する。

　伊豆や西相模には源氏の貴種に心を寄せる豪族が少なくない。頼朝は彼らと直接面談して、所領を旧に復することを約した。そして、山木館夜襲となった。

　以仁王の令旨を掲げた源氏の白旗は、石橋山の戦いで一敗地に塗れた。しかし、この石橋山の敗戦と続く脱出の二日間は、義時の生涯を決める重要な日々となった。生き残れたのは持って生まれた運の強さゆえか、あるいは不可思議な偶然のせいか、義時自身にも分からない。そこに天意が働いているのか否か、それも知らない。

　明らかなことは、この二日間で十八歳の義時が歩むべき道筋が、眼前に示されたことだった。その行き着く先にあるのがなにか、義時にはまだはっきりとは見えていない。そこまで辿り着く資質、才覚、勇気、豪胆、そして人格が己に備わっているのか否か、それも不明である。が、その道筋の先導者が頼朝であることだけは、義時は承知している。

それにしても、この二日間とそれに続く一か月半は、義時には夢幻の内に過ぎ去ったようだった。すべてが信じ難い思いを義時の中に残した。

義時と時政は、大庭、伊東ら平家の大軍から命からがら逃げ果せることが出来た。頼朝と側近は予想通りに椙山にいた。時政の娘で義時の姉である政子が頼朝に嫁いでいる。時政は婿の膝を抱き締めて涙を流した。

頼朝が無事だったのは、平家の中にも頼朝に期するものを求めている者がいたゆえだった。大庭軍の掃討作戦は二十四日も広範囲に続けられた。頼朝らは椙山の奥深く、とある谷間の洞窟の中に潜んでいた。陽が昇り、やがて辺りが暑くなり始めた頃、大庭の一行が洞窟の前を通り掛かった。洞窟に気づいて、

「中を改めよ」

と大庭自らが命じた。

これに応じたのが、一族の有力者梶原景時だった。景時は洞窟の入口に近づい

て、薙刀で蜘蛛の巣を払った。一瞬、頼朝と景時の目が合った。

「誰もおらぬわ」

と景時は言った。

そして、一行は行き過ぎた。頼朝は思いも掛けぬ命拾いをしたのだった。

一方で、時政と別れた兄宗時は敢えない最期を遂げた。早川の辺りで血路を開こうとして、伊東勢に討たれたのだ。その結果、義時は否応なく嫡男の立場に立つことになった。

景時に救われた頼朝を箱根権現へ案内したのは別当の弟だった。数日後、頼朝は山を下りて、真鶴岬から海路安房へ渡る。時政と義時は先行し、安房で頼朝を迎えた。

味方が続々と集まって来た。三浦義澄も三浦一族の和田義盛も駆けつけた。やがて、上総の上総広常、下総の千葉常胤もやって来た。いずれも大豪族で、広常は二万の軍兵を有している。

広常が頼朝の前に出たとき、

「遅い！」

と頼朝は一喝した。

下総の国府の政庁である。衆人の真っ只中だった。

「なにゆえ、かくも遅参いたした」

「ははっ」と広常は平伏する。「なにやかやと手間取り申した。これより、粉骨砕身、働きまするゆえ、なにとぞお許しを」

「頼むぞ」

そんな頼朝を、蹲踞した義時は瞬きもせずに見つめていた。その目は異様な光を集め、驚愕と賛嘆に大きく見開かれ、そして皮肉な笑いが僅かに覗いていた。

頼朝と時政が定めた当面の方針は、以下のごとくである。

一　目代以下、平家方の追放あるいは討伐

一　在庁官人の取り込み

一　平家方の所領の没収

一　源氏方の所領の安堵と没収所領の分与

一　集積されている年貢等の没収と分与

これらは参集して来る者の誰もが期待していることだった。頼朝が発給する文書には、これらの内容が明確に認められていた。頼朝は彼らの期待に十分に応えたのである。頼朝の許に集まった軍勢は時政の予想を遙かに超えていた。

頼朝は二万数千の軍勢を擁して武蔵に入った。武蔵でも、畠山重忠などの豪族が次々と頼朝の軍門に降った。こうして、源氏軍は五万の兵力にまで膨れ上がり、意気揚々と相模の鎌倉に入った。十月六日のことである。石橋山の惨敗から僅か一か月半での再起だった。頼朝三十四歳の秋である。

二

「小四郎は狩りが好きか」

と頼朝が訊いた。

「大好きでございまする。一度、私めもお供させて下さりませ」

と義時は答える。

晩秋の狩野川の辺を散策しているときである。頼朝が政子と目出度く結ばれ、時政が館の敷地の中に二人の新居を新築した翌年だった。義時は十六歳になる。

「よかろう。次はともに鹿を射止めようぞ」

「嬉しゅうございまする」

と義時の顔が上気する。

二人は狩野川の右岸を下流に向かってそぞろ歩いていた。向こう岸の先には幾つもの小山が並び、その先は駿河湾になる。雲が出ていなければ、下流の方角に富士山が聳えている。

「今日は見えませぬね」

と義時は視線を遠くへやって言った。

「む？」

「富士です」

川沿いの北条館からも富士山が眺望出来る。義時は子供の頃から富士に馴染んで大きくなった。

「小四郎は富士が好きか」

「好きです。日の本一のお山と聞いています」

佐様はいずれ日の本一の武将になられるお方です、と義時は言いたかった。が、それは恥しくて口には出せない。

狩野川の流れは速く、岩場に近づくと、飛沫が飛んで来る。それが澄んだ秋の気の中に霧となって拡散して、頼朝の顔を撫でる。

「おおっ！」

と頼朝は快げな声を上げた。

頼朝はさほど背丈はない。義時が肩を並べると、ほぼ同じだった。義時はほっそりした体つきだが、まだ伸び盛りである。

頼朝は狩りが好きだった。騎射の達者で、小太りの体には信じ難いほどの膂力が秘められている。牡鹿の角を掴んで捻じ伏せたこともある、という。

頼朝が伊豆に流されたのは、永暦元年（一一六〇）、頼朝十四歳の年だった。義時が生まれるのはその三年後である。この流人の監視役を命じられたのが時政だった。

北条四郎時政はこの地方の中堅の土豪で、田方郡韮山村字北条の一帯を根拠地としている。伊豆半島北部の西の端で、駿河湾が鋭く食い込んでいる。その東側を狩野川が流れ、北条館は川に面した東側の守山の裾にある。

北条の地の中央辺りを下田街道が南北に通じている。その東側には、東西南北が低い伊豆の山々に囲まれた長閑な田園風景が広がっていた。その中に、蛭ヶ小島、と呼ばれている頼朝の配所があった。北条館から四半里（約一キロ）少々しか離れていない。

とはいえ、頼朝の日々は悲惨なものではなかった。乳母であった比企尼が食料を送り、なにくれとなく面倒を見た。尼の娘婿にあたる安達盛長らがお側に仕え、流浪の佐々木四兄弟が従者として頼朝に奉仕していた。

流人とはいえ、頼朝は源氏の正当な後継者である。大きな頭が貴種たるにふさわしい落着きと泰然たる風格を与えていた。自然と、伊豆、相模の中小の土豪の子弟が頼朝の許に集まって来る。義時はそれを羨ましく眺めて成長したのだった。

頼朝は亡父義朝の冥福を祈るため、法華経を読誦するのを日課として来た。書見に時を忘れることもある。時々、取り巻きと狩りに出る。信仰に厚く、伊豆山権現への参詣も欠かさない。そして、女性である。頼朝には女性が欠かせないようだった。伊東祐親の娘に子を産ませたが、その子は殺され、己も命を狙われたこともある。時政がそんな頼朝になにかを期することはなかったようだ。

頼朝と政子が結ばれたことを知ったときすら、時政は政子を館の一室に閉じ込めてしまった。それを甘んじて受け入れる政子ではない。ある嵐の夜、政子は一室を抜け出し、山坂を越えて、伊豆山権現に隠れている頼朝の許へ走った。それが政子である。その情熱が時政の心を動かした。あるいは、そのとき、時政は頼朝に期待するべきものを見つけたのではないか、と義時は思っている。

「今日は、小四郎が誘い出してくれたゆえ、身も心も清々しく洗われたぞ」

と先を行く頼朝が振り返った。

「それはようございました」

「われはよき義弟を得たものよ」

「佐様はいずれ清盛入道をお討ちになられるのでしょう。そのときは、この小四郎が必ずお力になりまする」

　頼朝の下膨れした顔は鼻筋が通り、横長の大きな目に特徴がある。が、その目の奥になにが潜んでいるのか、誰にも分からない。表情はいつもうっそりしていて、なにを考えているか窺い知ることは難しい。その表情が微かに動いたようだった。

　頼朝は路傍の石の一つに腰を下ろして、義時にも座れと手振りで示した。夕暮が迫っていた。川の岸辺には薄の穂が揺れ、流れの音が一頻り高くなり、叢では虫が鳴き始める。

「入道殿はわれの命を助けて下されたお方よ。討とうなどと思うたことはないわ」

　と頼朝は言った。

「なれど、入道は紛れもなく佐様のお父上の仇でございましょう」

「われは政子を得て、これ以上望むものはなにもない。政子との日々を心静かに味わいたい、と心底思うておる」

「それはまことでございまするか」

「どうした。われに失望したか」

と頼朝は小さく笑った。

「いいえ、決してそのような――」

「しかし、入道殿は道を間違われたようだ」

「はっ？」

頼朝はこんなことを言った。清盛は武士として位人臣（くらいじんしん）を極め、巨大な権力を手中にして恣（ほしいまま）に振舞っている。が、それは朝廷の仕組の中でのことである。院、帝（みかど）、公卿、朝廷が作り上げた仕組から、一歩も出られずいるのが清盛である、と。

「分かるか、小四郎」

北条の地は下田街道の交通の要衝（ようしょう）でもある。北に二里（約八キロ）も行けば、伊豆の国府である三島に到る。京の政情についても、結構、詳しい情報が入って来る。時政はもとより頼朝もその取巻きも、京の情勢には通じていた。

「では、もし、佐様が入道なら、なんとなさるのですか」

と義時は問い返す。

「そうよのう。われが入道なら、〈武士による天下の政（まつりごと）〉を目指すことになろうかのう」

「武士による天下の政」

と義時は呟いた。

瞬間、一陣の清爽な風が心を吹き抜けたような感覚を、義時は覚えた。

その言葉の意味するところを正確に理解出来たわけではない。が、武士が院や帝や公卿、そして朝廷の支配から脱する意であることは分かる。そして、それはそうした京の権威と相対することになることも理解出来た。

すると、これまで存在しなかった新しいものが、心に飛び込んで来たような思いがした。突如、頼朝が乾いた笑声を上げた。

「小四郎に唆されて、愚かな世迷い言を口にしてしもうたわ。小四郎には分からぬだろう。当然よ、われにもよくは分かっておらぬわ」

「――」

「少し冷えて来たようだな。戻ろう。政子が待っていよう」

と頼朝は腰を上げた。

義時は子供の頃から頼朝が好きだった。貴種だからではない。義時にとって、頼朝は異界の人だった。お伽の国からこの伊豆の田舎にやって来た異人である。その異人は義時の知らぬものを多く持っているはずだった。義時は一日も早くそんな頼朝と近づきになりたい、と願い続けて来た。

そして、いま、頼朝は義時に見果てぬ夢の国の話をしてくれたようだった。それは現（うつつ）にはない国の話であるに違いない。院、帝、公卿、そして朝廷と無縁の国、それを思うだけで身震いするほど恐ろしい。だからこそ、その夢の国は白い光に輝いて、少年の心を打ち、惹（ひ）きつけて離さないのだった。

しかし、その後、頼朝は一度も、その言葉を口にしたことはない。山木館襲撃のときも、石橋山の敗戦のときも、鎌倉へ入ったときも、そんな言葉など、頼朝の頭にはないようだった。

治承（じしょう）四年（一一八〇）十月二十日、富士川の合戦で、頼朝軍は平家軍を完膚なきまでに打ち破った。この合戦には、時政も義時も出陣した。

それからの頼朝は、もっぱら東国の地固めに力を注いだ。鎌倉大倉に御所を建築し、侍所（さむらいどころ）を設置して、和田義盛（よしもり）を別当とする。頼朝に面謁（めんえつ）して忠誠を誓った武士、上は有力豪族から下は小武士に至るすべての武士を、鎌倉殿の御家人と呼ばれる身分と定める。

もっとも重要なことは、彼ら御家人の所領安堵であった。これを求めて、彼らは頼朝の許に集まって来たのだ。頼朝は彼らの期待に着実に応えて行った。

翌治承五年には、義時を筆頭とする十一名の〈寝所近辺祗候衆〉を任命する。いわば、義時らは頼朝の側近中の側近に選ばれたのだ。頼朝の旗揚げに参集した有力御家人の子弟が多く選ばれた。

義時は十九歳にして、その筆頭となったのだった。頼朝に深く信頼されていることが、嬉しかった。飛び跳ねたいほどの喜びが体中を駆け巡る。

これに先立つ閏二月四日、平清盛が逝った。この清盛の死を契機として平家の勢威が衰え始めた。これを待っていたかのように、木曾に蜂起した源義仲が、横田河原（川中島）で平家方の豪族城氏の軍を打ち破った。

この翌年、飢饉が猛威を振るって、特に京は悲惨な状況を呈するに至る。平家打倒を目指す義仲の戦いは、休戦状態になった。

続く治承七年、義仲は城氏を破った勢いを持続したまま、越中倶利迦羅峠で平家軍を粉砕する。そして、七月には、平家を都落ちに追い込んで入京を果たした。

頼朝が義仲討伐に大軍を動かしたのは、元暦元年（一一八四）の正月だった。

義時は二十二歳になった。どこから見ても頼朝が信頼する御家人であり、立派な武人だった。すらりとした細身の体は筋肉質で中背、身のこなしはしなやかである。顔は、目、鼻、口と過不足なく整って、難のつけどころがない。それがどこか冷たい印象を与える。が、ときに、目に異様な輝きが生まれ出ることがあった。

義時は妻(めと)を娶り、昨年、嫡子を得た。泰時(やすとき)、と名づける。この赤子が思いも寄らぬほど可愛い。己が肉親を大切に思っていることに、義時は改めて気づかされたものだった。

正月二十日、源範頼(のりより)、義経(よしつね)兄弟が率いる頼朝軍が瀬田、宇治で義仲軍を破り、追い詰められた義仲は粟津(あわづ)で討死する。頼朝にとって、義仲は七歳下の従兄弟(いとこ)であり、範頼と義経は弟に当たる。従兄弟同士が相争う過酷な戦いだった。

なにゆえ、従兄弟同士が血を血で洗う戦いに突入しなければならないのか。実のところ、義時にはよく理解出来なかった。頼朝と義仲は、なぜ、両立出来ないのか。義仲を完膚なきまでに滅ぼさなければならないのは、なにゆえか。頼朝は義仲を恐れていて、将来の禍根を断っておかなければならなかったのか。

頼朝が言った〈武士による天下の政〉とは如何(いか)なるものか。義時にも義時なりの理解が出来ていた。武士が天下の政治をなすには、武士の新しい仕組が必要である。そして、それは厳然と存在する朝廷の仕組と相対し、これを無力化しなければならない。

　そのためには、武士は力をつけ、その力を強力なものにするには、独裁でなければならないのか。それとも——。

　義時の中にそうした疑問が幾つも生まれた。とはいえ、頼朝への信頼と忠誠に翳（かげ）りが射し始めたわけではない。頼朝の行動に己の理解が及ばぬということを、義時は思い知らされただけだった。義仲討伐の戦（いくさ）の間、頼朝は後白河法皇の上洛の要請に応じることなく、鎌倉に腰を据（す）えていた。院を相手に交渉を続け、ついに東海、東山両道諸国の実質的な支配権を手にする。義時はそんな頼朝の驚くべき手腕を目（ま）の当たりにしていた。

　義時は政子にとって頼りになる弟だった。五月に入ったある夕べ、義時は政子に呼ばれて御所へ出向いた。義時は用件の見当がついていたので、妹の一人を連れて行った。

「大姫（おおひめ）が不憫（ふびん）でなりませぬ。そなたたちで、なんとか慰（なぐさ）めてやってもらえまいか」

　政子は涙ぐんで、

「もう二日も大姫は泣いてばかりで、なにも食べようともせぬ。このままでは、餓死してしまいます」

と二人に訴えた。

政子は美人とは言えない。が、心に気丈な芯を持っていて、それが美しさとなって顔に出ている。膚は張りがあって、肌理も細かい。

その政子が驚くほど窶れていた。

「ああ、私はもうどうしてよいか分かりませぬ」

と嘆息する。

滅多なことでは愚痴を口にしない政子には珍しいことだった。

大姫は政子と頼朝の間に生まれた長女で、七歳になる。夫妻はこの大姫を寵愛して大事に育てて来た。御所内の奥御殿の傍らに、大姫のための小御所を造営したほどだった。

昨年三月、頼朝と義仲の対立が上野で激化したおり、両者の間で和睦がなった。義仲が十一歳になる嫡子義高を人質として鎌倉へ送り、大姫と婚約させることに同意したのだ。

十一歳と六歳の許嫁同士は飯事遊びが似合う年頃だったが、一年経つ内に、恋心を通い合わせる風情だった。しかし、義仲が和睦を破った以上、人質の義高は斬首されねばならない。そのことを察知した義高の乳母唐糸は、義高を女装させ、二人で御所を逃げ出した。激怒した頼朝は追手を差し向け、入間川の河原で義高の首を刎ねさせた。四月二十六日のことだった。

義高の死を知った大姫は深い悲しみに打ち拉がれた。両親の酷い仕打ちを恨んで泣き続け、如何なる言葉にも耳を貸さない、という。

「姉上はお上をお止めしなかったのですか」

と義時は問うた。

清盛に助命されたゆえに、頼朝のいまがある。それを考えれば、義高を生かしておくことは出来ない、と頼朝が考えても一向におかしくはない。が、果たしてそれだけのことなのか、と義時は考えてしまう。

「大姫が哀れゆえ、お話はさせていただきました。なれど、お上はなにも仰せになりませなんだ」

「お上には、われらには思いもつかぬ深いお考えが、おありなのでしょう」

でなければ、単に恐怖が頼朝を動かしたことになる。が、そんな言葉は、政子にはなんの慰めにもならない。

大姫の悲しみを宥め、幼い心を解すことなど、義時に出来ることではない。それは妹の役目である。妹は大姫より年上で、情愛の深い優しい女である。妹は黙って頭を下げると、大姫の許へ去った。

頼朝は余人には窺い知れない直感と深い考えを持っている、と義時は信じている。例えば、上総広常の粛清である。昨年暮、頼朝は梶原景時に命じて、双六に興じている広常を襲わせた。広常には鎌倉殿に対する傲岸不遜な振舞が多々あった。広常は創業の功臣である。それでも、広常を殺害したのは、その無礼を咎めて主の権威を自他に示すためである。誰もがそう考えて、心胆を寒からしめたが、真意は他にあるのではないか、と義時は思った。

頼朝には、蜂起以来、直属する軍事力がない。それを育成、強化するためではないのか、とあるとき義時は気がついた。頼朝は広常殺害後、その広大な所領を没収した。が、広常の支配下にあった御家人には私領を安堵している。それはなにを意味するか。以後、彼らは直接頼朝の支配を受け、直属の軍事力に組み入れられることになるのだ。

似た例は幾つも数えられる。同じことが義時自身についても言えることだった。義時は祇候衆に選ばれた。そのため、時政の支配下を離れて、頼朝の支配下に身を置くことになったのだ。

では、義高抹殺には如何なる深い子細があるのか。いまのところ、義時はそれを見つけていない。それにしても、義高殺害を命じられなかったことに、感謝したい思いがする。命じられたなら、その理由を問うことはする。しかし、理由の如何(いかん)によらず、頼朝の命に背くことなど出来ようはずがない。背くつもりも義時にはないのだった。

三

「これで、ようやく、われらは豊後(ぶんご)に攻め入ることが出来まする」

と義時は範頼に言った。

義時は周防(すおう)にいる。本陣の帷幕(いばく)が寒風にはためいていた。

「長かったのう。なれど、これで安堵は出来ぬぞ。兵船も兵糧(ひょうろう)もまだまだ足らぬわ」

と範頼はあくまで慎重だった。

それも無理はない、と義時は思う。

昨年、すなわち元暦元年（一一八四）一月二十六日、頼朝は平家追討の宣旨を受けた。そして、二月七日、範頼、義経率いる源氏軍が、一ノ谷で平家の主力を壊滅させる。平家軍は讃岐の屋島へ退却して、立て直しを図る。この合戦に義時は加わっていない。

都落ちした平家を山陽道に追撃するため、範頼を大将軍とする軍団が鎌倉を出陣したのは八月だった。義時は範頼の側近として出陣を命じられた。侍所別当の和田義盛もいれば、千葉常胤、三浦義澄、下河辺行平など錚々たる有力御家人を擁した五千騎の軍団だった。行平は下総の豪族である。範頼軍は周防から豊後に渡り、平家の背後を扼する使命も帯びていた。

しかし、行軍は難渋を極めた。瀬戸内の制海権を平家に押さえられたまま、敵の抵抗に遭い、兵糧の不足に苦しんだ。軍中の士気も衰え、義盛などは先頭に立って、東国への帰還を願い出る始末だった。

それでも、範頼軍はなんとか周防に辿りついた。しかし、ここで足止めを喰らう。兵糧の不足に加えて、豊後へ渡る兵船が調達出来ないのだ。範頼は幾度となく頼朝に窮状を訴えた。頼朝からも長い返書が届いたが、いずれ兵糧は送るが、うまくやれ、という激励の言葉が連なっていた。

豊後に臼杵兄弟という武士がいる。彼らが源氏に志があると知った義時は、使者を通じて彼らと話をつけた。彼らは兵船八十二隻を献じて来た。加えて、周防の住人から兵糧米が献上された。

そして、今日、文治元年（一一八五）の正月二十六日、ようやく渡海の目処が立った。

「それがしが先陣を承りまする」

と義時は範頼に言った。

一隻の兵船で運べるのは、せいぜい、十名前後になる。船には水手が必要であり、馬も運ばねばならない。よって、渡海出来る兵力は千騎前後となる。義時は数十名の郎党を擁しているが、一隻か二隻の兵船しか割り当てられない。精鋭を選んで、一番乗りを果たしたい、と願っていた。

「豊後に渡りさえすれば、兵糧も兵船もなんとかなりましょう。兵船を往復させることも出来まする」

「うむ」

と範頼は頷いたが、どうにも覇気がない。

範頼は義経の兄で、三十歳前後に見える。義経に負けぬ華々しい手柄を上げたがっているが、この西征では運に見放された、と思っている。頼朝への報告も愚痴と要望ばかりになった。帰国を願い出る義盛を大喝することも出来ずにいる。

八十二隻の兵船では、豊後でもさしたる戦果は期待出来ない。そう思うと、帰国したときの頼朝の叱責が恐ろしくなって来る。その思いが範頼の士気を挫いているようだった。

「出陣は二月一日に決しましょうぞ」

と義時は言った。

「よきに計らえ」

「心得ました」

義時は方々に分散して宿営している有力御家人に、出陣日を報せなければならない。夕暮が迫り、空は曇って雨催いだった。海に近いせいか、寒風が二十三歳の若い身にも堪える。

二月一日も天気が悪く、朝陽も顔を出さない。風は相変わらず強く、海も荒れ気味だった。範頼は周防に残って守備する大軍の責任者を、三浦義澄と決めた。その命の伝達に立たされたのは義時だった。義澄はたちまち怒気を面に表して、

「われはこの日の一番乗りに賭けて来た者だ。それを逃すつもりはない。お役目は

他の者に命じるがよい」

　と頑として聞き入れようとしない。

「この大軍を掌握するにふさわしい人物は、義澄殿以外におられませぬ。おられるとお考えなら、それはどなたか、義澄殿自ら名指しして下され。さもなくば、それがしはこの場を引き下がることは叶いませぬ」

　と義時も後へ引かない。

　義澄は、しばらく、黙って義時の顔を眺めていた。やがて、その老練な顔に微かな笑いを刷いて、

「時政殿はよき息をお持ちじゃのう」

　と笑った。

　こうして、一千騎の先陣が兵船に分乗、豊後を目指して荒れた海へ乗り出した。義時は二隻の兵船を得て、その一隻に乗り込む。千葉常胤は七十に近い身ながら風浪をものともしない。下河辺行平は兵船の割り当てに外れたため、甲冑を売り払って小舟を買い取り、先頭を切って漕いで行った。

　葦屋浦に一番乗りしたのは義時、行平らだった。葦屋浦は赤間関から博多津へ向かう航路の中間点になる。平家方の豊後勢は、範頼軍の上陸にまだ気づいていない

ようだった。全員が無事に上陸を果たす。

直ちに全兵船を周防へ送り返し、二陣を渡海させねばならない。義時は郎党を指揮して、その仕事に全力を集中した。それが一段落つき掛けたとき、

「来たぞ！」

「敵襲、敵襲！」

と声が上がった。

声に怯む気配はない。むしろ、久し振りの戦を前に、上陸軍の士気は上がっていた。義時は馬上に身を置いて、行平と馬首を並べた。行平は甲冑を売り払ったゆえ、家人の胴丸を着け平頂の兜を被っていた。

敵は大宰府の少弐原田種直とその息賀摩種益率いる軍勢だった。兵力は不明。横に開いた陣形で、堂々たる名乗を上げる。範頼がこれに応える。双方の鏑矢が空を切って、たちまち、戦端が開かれた。

激しい矢合戦がしばらく続き、行平が、

「うおっ！」

と雄叫びを上げ、薙刀を振り翳して敵陣へ突入した。

「遅れるな！」

と義時も馬腹を蹴り、郎党が後に続く。

　作戦もなにもない。各々が方々で敵と渡り合い、死闘を展開する。激戦になった。義時の太刀も何名かの敵を屠った。騎馬もあれば徒もある。しかし、名ある将か否か、分からない。ただ無我夢中、あるいは無心で命のやりとりの場を駆け巡る。郎党の一人が矢を射られて果て、一人は浅手を負った。恐怖が義時を襲ったのは、戦いが範頼軍の勝利に終った後だった。

　この葦屋浦の戦いで大手柄を立てたのは、行平と相模の御家人渋谷重国だった。重国は原田種直を射落とし、行平は種直の弟敦種を討ち取った。

　範頼軍はこの合戦によってほぼ豊後を制することが出来た。義時にさしたる武功はないが、義時はこの遠征から貴重なことを幾つも学んだ。戦には、行軍の無事、兵糧の運送、平定した土地住人の扱いなどが重要だった。これがあって初めて赫々たる武功がある。表には出ないこうした裏方の仕事こそが、勝敗を分けることを義時は知った。それだけで十分だった。範頼を助けて渡海を成功させ、戦いを勝利に導いた働きに、頼朝から感謝の書状が届いた。

　しかし、いまだ平家は屋島に本拠を置き、下関の彦島に拠っている。頼朝は遠ざけていた義経に改めて平家討伐を命じた。喜んだ義経は、二月十九日、僅か百五十騎で屋島を急襲する。平家は海上に難を避け、彦島に逃れた。義経はこれを海上に追い、三月二十四日、壇ノ浦の決戦で平家を壊滅させた。

その迅速、果敢、作戦の妙に義時は驚嘆した。間違いなく義経は戦の天才である。頼朝も同じ思いを持ったはずだった。が、頼朝が義経を排斥するのはその天才が恐ろしいからではない、と義時は考えたい。では、なにが頼朝をして義経を追い詰めさせるのか。義仲討滅のときと同じ疑問である。その答を義時はまだ見つけられずにいるのだった。

義時に分かっていることは、頼朝が武士として着実に武力を強化していることだった。昨年六月、朝廷は頼朝を三河、駿府、武蔵三国の知行主と認めた。その報せが鎌倉に届いたとき、

「おめでとうございまする」

と義時は祝いの言葉を口にした。

頼朝は、にこり、ともしない。

「これから始まるのよ」

と言った。

十月には、御所の敷地内に〈公文所〉の建物が新築され、大江広元がその長官に

任じられた。広元は朝廷に仕えて、太政官の書記をしていた。鎌倉に呼ばれて、しばらく頼朝の書記役を務めていた。三十七歳の長官である。

「なかなかの切れ者で、政務にも明るい。義時も昵懇にするがよい」

と頼朝は言った。

続いて、〈問注所〉が設置されて、三善康信がその長となった。康信も太政官の書記役を世襲する下級公家の出身である。こうして、鎌倉に新しい役所が出来、事務処理の専門家が集められた。

壇ノ浦後の八月、頼朝は新たに伊豆、相模、上総、信濃、越後、伊予の六か国の知行主となった。

一方、頼朝と義経の間は険悪になるばかりだった。後白河法皇のあれこれの画策が功を奏していることは、誰の目にも明らかだった。

そして、十月、義経の要請を受けて、法皇は頼朝追討の宣旨を出した。頼朝がその報を得たのは、十月二十三日だった。頼朝は出陣を決意し、駿河の黄瀬川宿まで出張って、先遣隊を上洛させた。やがて、摂津から乗船した義経が、その後、行方を絶ったことを知った。頼朝は鎌倉に戻り、代官として時政を京へ派遣した。時政は千騎の兵を率いて京に入った。

これに先立って、法皇は密使を鎌倉に送って、
「天下の政をしろしめすべからず」
と引退を表明するなど、弁明に努めた。
時政は頼朝の意を受けて、法皇に過酷な要求を並べた。
一つ、頼朝を日本国総追捕使（後の守護）、総地頭に任ずること
一つ、法皇の側近ら十二名の免職
一つ、九条兼実を内覧に任ずること（暗に摂政藤原基通の免職を求めている）
一つ、法皇批判派の兼実ら公卿十名を議奏公卿とすること
一つ、その他の免職者の後任の指名
法皇は不承不承ながらも、これらすべての要求を呑まざるを得なかった。
これによって、頼朝は全国の軍事警察権を手中にし、国府の在庁官人を、直接、支配監督する地位を得たことになる。そして、朝廷は大改革され、鎌倉派が大勢を占めた。
「これぞ天下の草創である」
頼朝は有力御家人たちの前で声を高めた。義時もその高らかな宣言を聞いた。頼朝は武士の力を朝廷に思い知らせたのだ。そう思うだけで、義時の胸の内が膨らん

で来る。頼朝、三十九歳である。

しかし、頼朝が得た支配権は、奥州藤原氏の勢力圏と畿内以西の西日本諸国には及ばないのだった。

四

白拍子静御前と母親の磯禅師が、蔵王堂の執行に連れられて京の時政の許に出頭した。時政は義経の行方について静を厳しく尋問したが、静はなにも知らされていないようだった。

母娘が鎌倉に送られて来たのは、文治二年（一一八六）三月一日である。静は義経の子を宿していた。

改めて尋問を受けて、こう答えている。

義経に連れられて摂津の大物浦から船出したが、嵐に遭って西国へ渡ることは出来なかった。三日後、吉野山に着いて、そこで五日間、義経と逗留した。義経とは吉野で別れた。静は深山の雪の中を彷徨い歩いて、蔵王堂に辿り着き、執行に捕らえられた、と。

「吉野山とは、一体、どこを指しているのか」

という係官の尋問にはこう答えた。

山中ではない。僧坊の一つである。しかし、山の大衆が己を捕らえようとしていることを知った義経は、一人の僧に案内させ、山伏に変装して大峰に入ることになった。静は別れ難くて一の鳥居辺りまで慕って行った。が、山は女人禁制だ、と案内の僧に叱られて、止むなく都へ向かう。ところが、供の下人が静の持物を奪って逃走してしまった。静は道に迷って蔵王堂に行き着いた。

「しからば、その僧の名はなんと申す」

と係官は追及する。

「それはもう忘れてしまいました」

係官の印象は、静の言には曖昧なところが多過ぎる。さらなる厳しい取調が必要である、というものだった。

それを執り成したのは政子だった。子を宿している静を憐れみ、静を詮議するまでもなく、いずれ義経の行方は知れる。しばらく様子を見てやってはどうか、と頼朝に訴えた。

母娘の身は御家人の一人に預けられた。

四月八日、頼朝と政子は鶴岡八幡宮に参詣した。静は舞の名手である。政子と大姫は、一度、静の舞を見たかった。が、静は身重の身であり、お尋ね者の妾であることを理由に断った。

政子は大姫のために舞って欲しい、と静を説得した。大姫は九歳になったが、いまだに義高の面影を慕っていた。義時の妹がしばしば大姫の遊び相手を務めている。しかし、大姫の気鬱に回復の兆しは見えない。そんな話を聞かされて、静は舞殿に立つことになった。

義時は政子に勧められて、頼朝夫妻の御座所に伺候した。義時が範頼とともに豊後から鎌倉に戻って来たのは、昨年の十月である。鼓は工藤祐経が打ち、畠山重忠が銅拍子を務める、という。義時は重忠の銅拍子の方により興味があった。

大勢の御家人が勢揃いする。やがて、鼓が打たれ、銅拍子が鳴って、静の舞が始まった。

静は水干を着けて歌い舞った。

「吉野山　峰の白雪　踏み分けて　入りにし人の　跡ぞ恋しき」

と和歌を一首詠み、別れ物を一曲舞う。さらに、

「しづやしづ　賤の苧環（枕詞）　繰り返し　昔をいまに　なすよしもがな」

と和歌を吟じて舞い続けた。

さすがに静御前の歌声と舞は優雅なものだった。見聞きする者すべての心を震わせた。義時も素直な心で感動した。静は自分がいずれ処刑される身であることを知っている。それでいて、いまを命の限りとして歌い舞った。それが静の芸に凄さをもたらしたようだった。

「さすが静御前じゃのう」

と政子は大姫に微笑み掛け、義時に頷いて見せた。

しかし、和歌は明らかに義経を恋し、昔に戻ることを願っている。頼朝はそれが気に入らなかった。不興げに御簾を下ろした。

「八幡宮の御前で芸を披露するのなら、関東の万歳をこそ祝うべきではないのか。それをわれの前を憚りもせず、反逆者を慕い、別離を歌うとは奇っ怪な仕打ちじゃ」

頼朝の声は御簾の外にも聞こえた。外がしーんと静まる。そのとき、政子がきっとなって頼朝に言った。

「お上はもうお忘れでございますのか。私がお上と結ばれましたとき、時政殿は時宜を憚って、私を閉じ込めなさりました。しかし、私は――」

お上に会いたくて、暗夜、嵐の中を伊豆山権現まで駆けつけました。お上が石橋山へ出陣したおりには、独り、伊豆山に残り、お上の生死も分からず、日夜、魂を消す思いでした。いまの静御前も同じ思いをしているのです。義経殿との好みを忘れず、義経殿を恋慕しなければ、貞女とは言えませぬ。

「静御前はそのような深い悲しみを心に秘めて、それを幽玄な舞に表したのです。ぜひ、賞翫して下さりませ」

政子の声は多くの御家人の耳にも達した。これだけのことを頼朝にはっきり言えるのは、天下に政子ただ一人だけである。義時に出来ることではない。義時には自信を持って言えることはなにもない。いまはただ、頼朝からひたすら学んでいるのだった。

頼朝は無言だった。が、その後、静が尋問に引き出されることはなかった。出産は閏七月二十九日だった。不運なことに、産まれた嬰児は男だった。嬰児は静の手から取り上げられて、由比ヶ浜に捨てられた。九月、静と磯禅師は京に戻ることを許された。静は嵯峨の山里に庵を結び、髪を下ろして残り少ない生涯を終えた。

頼朝は先に義仲を滅ぼし、いままた義経を追い続けている。それなりの表向きの理由があってのことだが、平家を滅亡に追い込めたのは、彼らあってのことだった。にも拘わらず、頼朝は義経追及の手を緩めない。その執拗さには、どこか狂気の気配すら感じられる。一体、なぜか。

そんなことを思い惑っているとき、義時の脳裏にある考えが閃いた。鎌倉殿の権力圏を広げるためには、義仲を滅ぼし、義経を追討することが、そのよき手立てとなり得たのではないのか。そして、そのことは、これからも変わりようはないのではないか。

時政が久々に京から戻って来たある夜、酒を酌み交わしながら、義時はその疑問を時政にぶつけた。

「義仲殿も義経殿も、そして法皇様までもが、お上の掌の上で、巧みに踊らされているのでござろうか」

時政は大振りの酒杯を持つ手を止めて、ぎろり、と吊り上がった目を剝いて考えている。義時と違って、体は大きく猪首である。顔も大きい方で、野太い眉が左右に撥ね上がっている。眉、目、鼻梁に力強さがあって、声は野太い。得物は薙刀である。

このように、一見、野人と見えるが、緻密な思考力も備えている。つい先頃、時政は頼朝の代官として、朝廷を相手に見事な交渉をやり遂げたばかりだった。

やがて、時政は言った。

「そうではあるまい。人の一生には予期出来ぬ様々な事件が起きるものじゃ。思いも掛けぬ苦境にも立たされる。そのとき、婿殿はそれをすべて己のために役立てるのではないのか。あれは天賦の才としか言いようがあるまい」

「なるほど。そうも考えられまするな」

「さすが婿殿じゃ。わしが見込んだ器量はお持ちのようだ。あの婿殿なら十分に大天狗と渡り合えよう」

頼朝は法皇のことを、日本一の大天狗、と呼んだことがある。

「法皇様はなかなかの曲者でのう、策謀好きでもあられる。義仲殿も義経殿も、法皇様にいいように操られて、命を落としたようなものじゃ」

時政の話は頼朝という人間の一面を教えてくれたが、義時の疑問には答えていない。時政は上機嫌で京の町々の悲惨な現状を話し出した。

文治三年（一一八七）の秋になって、ようやく義経の行方が明らかになった。義経は奥州藤原秀衡の許に身を寄せていた。直ちに頼朝は法皇を通じて詰問の使者を送らせたが、秀衡に無視された。ところが、ほどなくして秀衡は病（やまい）に倒れ、奥州の巨星はこの世を去った。頼朝にとっては思わぬ幸運だった。

　頼朝は奥州征伐の準備を義時に命じ、朝廷に要請して義経逮捕の院宣を奥州に送らせた。一方で、秀衡の跡を継いだ泰衡（やすひら）に、恩賞を餌に義経の身柄引き渡しを求める。泰衡はこの誘惑に勝てなかった。義経の館を急襲して、義経を自死させた。文治五年閏四月のことである。義経の首は美酒に漬けられて鎌倉へ送られて来た。

　頼朝は泰衡への甘言を忘れたかのように、泰衡追討を決する。泰衡が義経を匿（かくま）っていたことを罪としたのだ。そして、朝廷に泰衡追討の宣旨を求めたが、さすがに法皇は下付を渋った。

　構わず、七月十九日、頼朝は二十万騎を超える大軍団を率いて奥州へ出陣した。時政はこの奥州征伐の成就を願って、北条の地に〈願成就院（がんじょうじゆいん）〉を建立（こんりゅう）する。

　頼朝は東国から九州に到るまでの御家人を総動員した。これによって、鎌倉政権の支配地盤がどれほど広範囲に広がっているか、それを天下に知らしめることが出来た。

　大軍団は大手軍、東海道軍、北陸道軍に分けられて進軍、頼朝は自ら大手軍を率いた。時政と義時はその本陣に配される。鎌倉軍は難なく白河関を突破、伊達（だて）郡阿（あ）

津賀志(つかし)山に奥州軍の主力を粉砕し、八月二十二日にはその首都平泉(ひらいずみ)に到着する。

泰衡は父祖四代にわたる栄華の都に火を掛けて逃亡したが、間もなく家人の手に掛かって最期を遂げる。ここに、奥州藤原氏は滅亡し、陸奥(むつ)、出羽(でわ)両国は頼朝の手に帰した。

驚いた法皇は急使を遣わして、泰衡追討の宣旨を発する。その日付は七月十九日に遡(さかのぼ)っていた。頼朝の哄笑(こうしょう)が帷幕(いばく)の中に轟(とどろ)いたが、それでも宣旨は宣旨だった。

「目出度いのう。いま一度、祝おうぞ」

と畠山重忠が義時に酒杯を掲げて見せた。

重忠の陣営で、夜の闇の中に篝火(かがりび)が勢いよく炎を上げている。

「おう」

と義時も酒杯を目の上に挙げた。

義時は戦後処理に多忙だった。ときには息抜きが必要で、そんなときは、重忠を訪(おとな)うことにしている。

もちろん、この大勝利は目出度い。嬉しくもある。頼朝はさらに武士の勢力圏を広げたのだ。しかし、京には朝廷が厳として存在して権力を振るっている。この先、頼朝はこの朝廷とどう渡り合って行くのか、義時には見当もつかない。

問題は他にもある。御家人は大勝利に浮かれている。これで、鎌倉政権の最後の脅威は取り除かれたのだ。しかし、有力御家人の大半は、もう遠征は十分だ、と考えている。彼らにとっての大事は、所領が安堵された上は、その所領を心安らかに守って行くことだった。朝廷などどうでもよいのだ。なにゆえ、頼朝が朝廷と関わりを持とうとするのか、彼らには解せないことだった。ならば、今後、彼らをどう扱えばよいのか。

重忠は忠誠無比の御家人で、時政の娘の一人つまり義時の妹を妻としている。武辺一辺倒の武士で、政治などにはなんの関心もない。

だからこそ、義時には大事な友だった。

「どうした。浮かぬ顔をして――」

「うむ。これが思うに任せぬのよ」

と義時は銅拍子を打つ手振りをして見せる。

重忠が声を上げて笑った。

静御前が八幡宮の舞殿で舞ったとき、重忠は銅拍子を務めた。その巧みな技と音色に義時は魅せられた。重忠が銅拍子の名手であることも意外だった。そこで、重忠に銅拍子の教授を頼んだ。重忠は目を瞠って、

「義時殿が銅拍子をのう」

と絶句したものだった。

こうして、重忠との親しい交わりが始まった。重忠は銅拍子を用意し、懇切に手解きもしてくれた。が、義時に楽の才のないことをいち早く見抜いたようだった。それでも、義時は銅拍子を鳴らしている。鼓などよりよほど面白い。

「そう容易くおれを超えてもろうては困る」

「いや、その内、お主を唸らせてやるわ」

「まあ、せいぜい稽古に励め。その内、手直ししてやろう」

そんなたわいもないやりとりが、義時には無性に楽しいのである。重忠は義時にはなくてはならぬ友だった。頼朝が鎌倉へ凱旋したのは十月の末だった。時政と義時も扈従して鎌倉に戻った。鎌倉政権は新しい局面に入った。

二章　頼朝の傍らで

一

折烏帽子に、紺青の水干袴と白の行縢を着け、漆黒の名馬の背に身を反らせた頼朝が京に入って来た。軍団は精鋭千騎の堂々たる偉容を示している。先頭を行くのは畠山重忠、選り抜きの随兵三百騎がこれに続く。三騎が横に並びそれが百列続く。その最前列の真ん中に義時は身を置いていた。この年、二十八歳になる。

建久元年（一一九〇）十一月、頼朝初の上洛である。これを見物しようと、都の人々は群がり集まって来た。彼らは義仲、義経の入京が戦を引き起こし、都を荒廃させたことを知っている。では、頼朝はどうか。軍団には戦支度は見当たらない。人々はひとまず安堵し、その華麗さに、

「うおっ！」

と感嘆の声を上げた。

後白河法皇を始めとした公卿も牛車（ぎっしゃ）を賀茂の河原に立てて、これを見物した。法皇も公卿も東夷（あずまえびす）の滑稽さを笑いたかった。所詮は田舎者に過ぎない、そう思えれば優越感を持って頼朝に対することが出来る。が、見せつけられたのは、千騎の見事な軍団だった。法皇は度肝を抜かれた。

「ほう！」

と法皇は吐息を吐（つ）き、

「ああっ」

と公卿は悲鳴を呑み込んだ。

頼朝は十一歳になる後鳥羽天皇に拝謁した後、六条殿において法皇と二人切りの会談を持った。法皇は、頼朝同様、数奇な生涯を送って来た。部屋住みの身が長く、遊びに熱中して、天皇の器（うつわ）ではない、と評された。それが、思い掛けず天皇の玉座が回って来たのは二十九歳の年だった。以後、保元平治（ほうげんへいじ）の乱、平家の全盛、そして源氏の台頭と戦乱の世をしたたかに生き抜いて来た。その王者を前に、頼朝に怯（ひる）む気配は微塵（みじん）もない。法皇、六十四歳、頼朝は四十四歳だった。

東西二人の権力者の会談は長時間に及んだ。そこで、一体、なにが話され、どのような取引があったのか、それは誰にも分からない。義時にも知る由（よし）はなかった。

頼朝の目的は二つあった。

「総追捕使（ついぶし）、総地頭は手放せぬわ」

と鎌倉出立の前、頼朝は時政と義時に言った。

この二つの地位は義経追捕のために与えられたものだった。これを延長し、以後、治安警察権として行使すれば、鎌倉幕府の支配力強化となる。

「いま一つは征夷大将軍（せいいたいしょうぐん）でございまするな」

と時政が言った。

これは東国支配者としての地位を明確にし、全国に睨（にら）みを利かせ得る官職である。

法皇は総追捕使、総地頭の地位は認めたが、征夷大将軍には難色を示した。代わりに武官としては最高の右近衛大将（うこのえのたいしょう）に任命し権大納言（ごんのだいなごん）に任じた。頼朝はこれを有難く受け、十二月一日、拝賀のため院の御所に参内（さんだい）する。この行列の随兵は七名、その一人に義時は選ばれた。和田義盛、梶原景時ら錚々（そうそう）たる有力御家人と肩を並べたのだった。

その三日後、頼朝はこの二つの地位と身分を辞して天下を驚かせた。単なる朝廷の侍大将でないことを明言したのだった。

「これはこれは――」

と頼朝は立ち上がって九条兼実（くじょうかねざね）を迎えた。

源氏の六波羅（ろくはら）邸である。兼実は法皇にも平家にも距離を置いて来た公卿だった。その一方で、早くから頼朝に近づき、頼朝の推挙によって、摂政（せっしょう）に任命された。頼朝の二歳下になる。

兼実は歌の才に恵まれ、多くの歌が勅撰集に収められる。後世、第一級の史料とされる『玉葉』を書き残す教養人である。

頼朝は兼実と意を通じ合わせて来たが、顔を合わせるのはこれが最初だった。その一室に義時の姿を見て、兼実は怪訝（けげん）な表情を見せた。義時に同席を命じたのは頼朝だった。

「北条義時でございまする。以後、お見知りおき下さりませ」

と義時は兼実に挨拶する。

「おお、時政殿の――」

「はっ」

「時政殿にはお世話になりました」

頼朝は兼実に座を勧めて、

「この者はいろいろと役立つゆえ、ご昵懇に願います。同席させて、よろしいですね」

と言う。

「それはもう」

二人は旧知の間柄のようにあれこれと話を弾ませた。義時は運ばれて来た茶菓の世話をした後、室の隅に控える。もちろん、口出しすることなど叶わない。

兼実は朝廷内部のあれこれの情報を頼朝に伝えた。これは頼朝には役立つ。

「それにしましても、あれだけ拝賀の儀式を盛大になされておいて、三日後に辞任とは、ちと、やり口が――」

と兼実が笑いを含んだ口調で言った。

「ご無礼であった、と言われますのか」

「法皇様も驚かれたことでございましょう。痛快と申せば、あれほど痛快なことは、近年、お目に掛かっておりませぬ」

「摂政殿もご無礼なことを言われるものよ」

二人は声を合わせて笑った。

「しかし、この頼朝も恥を掻かされましたぞ。目の前で征夷大将軍はやれぬ、と法皇様ははっきりと仰せになりました」

「その理由（わけ）はなんと？」

「なにも言われませぬ。ただ、ならぬ、と」

「理由などあろうはずがありませぬからな」

「法皇様はなにごともご自身の思うがままにこの世を動かせる、と考えておられる。平家と渡り合うて来られたのに、なにも変わってはおられぬようだ」

「ある意味、いつまでも駄々をこねている子供であられるのかも知れませぬな」

「そうだ、子供なのだ」

「しかも、決して大人になれぬ子供でしょうか」

「そのような子供に無理強（じ）いしても、埒（らち）は明かぬだろう」

兼実はゆるゆると頭（かぶり）を振った。

「埒など明きませぬ」

「ならば、なんとなさる」

「なんといたしましょう」

頼朝はしばらく考え、義時に顔を向けて、

「なんとすればよかろう」

と問うた。

「それがしには分かりませぬ」

と義時は即答する。

頼朝の狙いは分かる。奥州を征討したとはいえ、近畿以西における鎌倉幕府の支配力は弱い。御家人との繋がりも薄く数も少ない。これを強化することが先決問題である。その過程で、頼朝が朝廷とどう関わって行こうとしているのか、義時は知らされていなかった。

一方、兼実は院政に批判的で、政治の中心には天皇と摂関家がいるべきだ、と考えている。そのため、親鎌倉でここまでやって来た。が、この先、幕府の権力がより大きなものとなったとき、幕府とどう向き合おうと考えているのか。それが分からない。

これまでに頼朝と兼実の間で如何なる意見の交換がなされ、どのような合意に達しているのか、それも義時は知らない。もしかすると、二人は同床異夢（どうしょういむ）の中にいる可能性もある。迂闊（うかつ）なことは答えられない。

頼朝は視線を兼実に戻して、

「兼実殿、お聞きになりましたか。これが義時でござる」

「確とお聞きいたしました」

今度は、兼実が義時に話し掛ける。

「義時殿には意見がおありのはずです。どうかこの兼実にお話し下され。鎌倉殿も義時殿のお考えをお聞きしたいのです」

義時はしばらく考えてから答えた。

「かつて、お上から教わったことがあります。行き詰まって策のないときは、ゆるり、と待つがよい、と」

「なるほど、なるほど」

と兼実が頷く。

「義時はよいことを申した。そうだ、ゆるりと構えて待っておればよいのだ」

頼朝はそう言うと、兼実に、

「いまの世は法皇様が思うがままに政をなされておられる。帝も皇太子と変わらぬ有様です。しかし、幸い、貴殿はお若い。それがしとて、法皇様に比べればずっと若い。待っていればその時が参りましょう」

「――」

「われは待つことには慣れておる。伊豆で二十年間、じっと待っておったのだ」と誰にともなく言う。

「そうでございましたなあ」

「われに運があれば、法皇様御万歳（法皇の死）を迎えられましょう。そのときこそ、力を合わせて天下の政を正しましょうぞ」

「法皇様御万歳、よくぞ仰せ下さいました。そのお言葉、胸に深く納めてじっと待つことにいたします」

それから、話は皇族、公卿の手にある膨大な國衙領、荘園のことに移って行った。

入京一か月後、頼朝は意気揚々と鎌倉へ引き上げた。

二

政所別当の大江広元は、仮政所を出ると、一散に仮御殿に向かって走った。真夏のまだ陽射しの高い昼下がりである。

鎌倉幕府のすべての建物は鶴岡八幡宮の東隣、大倉の地に建てられた。それが昨年三月四日、大火によってことごとく灰燼に帰した。御家人たちの邸も火災を免れなかった。鎮火後、直ちに再建に取り掛かったが、それが完成するのは来年になる。

大倉の地は人夫、大工、左官、そして材木や石や砂を運ぶ運搬人と車馬でごった返していた。怒声や叱咤、指図する喚声、答える叫びで、さながら叫喚の坩堝のようである。

広元はそんな喧噪の中を、汗を滴らせて仮御殿に向かって走った。頼朝は書机に向かって書類に目を通していた。

「ただいま、除書が届けられ申した」

と広元は息を切らせた。

頼朝は目を上げて、

「除書？」

「征夷大将軍でございまする。ついに、朝廷は――」

後は言葉にならない。

「左様か、来たか」

頼朝は念願の征夷大将軍に任命されたのだった。日付は建久三年（一一九二）七月十二日となっている。が、頼朝は広元が期待したほどの喜色を表さなかった。

「皆を呼んでくれ」

「はっ」

法皇御万歳の時は意外に早くやって来た。頼朝上洛から一年三か月後の今年の三月十三日、法皇は逝去した。前年来腹病に罹り、癒えることなく重病に陥って、この世を去ったのだった。

法皇の死によって、朝廷での兼実の勢力は名実ともに強大になった。兼実は関白となり、実弟の慈円は延暦寺の天台座主の地位に上る。慈円は歌に優れ、のち史論『愚管抄』を残す。兼実はさらに娘任子を少年の後鳥羽天皇の中宮に差し出した。

問注所の執事三善康信、公事奉行人の中原親能、侍所別当和田義盛と所司梶原景時らが集まって来た。中原親能も法律家で、元は朝廷の下級役人だった。彼らは幕府という仕組を支える中枢の者である。義時ら側近の者も馳せ参じた。

「お目出度うございまする」

一同の祝いの言葉にも、

「うむ」

と頼朝は頷くだけだった。

それが義時の印象に強く残った。頼朝はこの先にあるものを目指しているのだ、と思った。それを如何にして実現に導くか、頼朝の頭の中はその手立てで渦巻いているのではないか。

幕府建物の再建中ということもあって、拝賀の儀式も祝宴も執り行われなかった。

しかし、慶事が続く。八月九日、政子が次男千幡（実朝）を出産する。これを祝って、六名の有力御家人が護刀を献ずる。その筆頭に義時の名が記された。

政子が大姫に次いで待望の嫡男万寿（頼家）を出産したのは、治承六年（一一八二）八月十二日だった。このとき、安産を祈願して、頼朝は鶴岡八幡宮の参道を造営した。自ら指図して石を運び、時政も義時も土を運んだ。石を堤状に積み上げて出来上がった参道は、段葛と呼ばれる。

万寿の〈着甲の儀〉が執り行われたときには、義時が御簾を上げる役目を務めた。成長した万寿は、しばしば、義時の邸を訪ねて来た。大姫同様、万寿も産まれたばかりの千幡も、義時にとっては大事な甥だった。

千幡誕生の喜びがまだ幕府内に漂っている九月二十五日のことである。頼朝が征夷大将軍に任じられ、いまのところ、朝廷との間になんらの緊張感も存在していない。頼朝の顔もどことなく穏やかになって、鎌倉中に安逸の気配が漂っている。海からの風に秋が思われる昼下がり、義時は呼ばれて仮の書院に伺候した。

「よう参った」

と頼朝がにやついている。

政子も笑いを浮かべた柔和な顔で頷いた。どことなくいつもと違う雰囲気だった。もう一人、部屋の隅に女人がいる。そちらに目をやって、義時は思わず、ああ、と声が出た。

「姫前じゃ。むろん、知っておろうのう」

と頼朝が揶揄するような表情を見せた。

義時は生唾を呑み込んだ。日頃、冷静沈着を旨としている義時が、われにもなく動転していた。姫前は政子に仕える若い女官で、この世の者とは思えぬ絶世の美女だった。言い寄る男が次々と現れたが、姫前は頑として男を寄せつけない。それがまた評判となって、人々は姫前を〈権威無双の女房〉と呼んだ。

義時も人並みに姫前の美貌を賛嘆していた。人前でそれを口にすることも憚らなかった。酒の席で、あの女房を抱いてみたいものよ、と畠山重忠に洩らしたこともある。いつしか義時が姫前に懸想している、と口さがない連中が言いふらすようになった。その姫前が、なぜ、ここにいるのか。

「そなたに妻を娶らす」

と頼朝が言った。

「有難きお言葉ですが、手前には歴とした妻がおりまする」

と義時は頼朝の真意を訝った。

妻との間には十歳になる嫡男泰時もいる。

「それを承知で言うておる。義時はこれなる姫前を妻に迎えねばならぬ」

「これはなにかのお遊びでございますのか」

「お上は本気で仰せになっておられるのですよ」

と政子が言う。

「姫前はこのわれにも靡こうとはせなんだ。が、義時ならよい、と申しておる」

「埒もないことを――」

と政子は笑った。

義時の目には、頼朝と政子は不思議な夫婦と映っている。夫の女好きは治まる気配がなく、次々と妾を作っている。妻の方はそれを許すことが出来ず、異様に嫉妬深い。それでも、二人はお互いにしっかりと結びつき、心の底から信じ合っているようである。

こんなことがあった。頼朝が寵愛する亀の前を伏見広綱という者の家に囲っていた。それを知った政子は、家人の牧宗親に命じて広綱宅を破却させてしまった。

頼朝は激怒し、宗親を呼びつけて、

「御台所を大事に思うのは神妙である。しかし、このような場合は、内々にわれに告げるべきではないのか」

と宗親の髻を切ってしまった。

この事件があって以来、頼朝は妾を政子の目から隠し、政子はこれを探り出して苛酷な仕置を加えている。それでも、二人の間に隙間風は吹かないのだった。

政子が言った。

「姫前は、一見、冷たい女子のように見えますが、内に包み込むような優しさを持っています。気働きもあって、この先、義時殿をよく支えてくれましょう」

このところ、妻は病勝ちで、寝込む日が多くなっている。それを気に病んで、義時に申し訳ない、と涙を流す。そんな妻が義時は不憫だった。

「御台を楽にして上げなさい」

つまり、妻と縁を切ってやるのが妻のためでもある、と政子は言っているのだった。

「これは主命と心得よ」

と頼朝は言った。

「主命とあらば、お受けするしかありませぬが――」

「後のことは私にお任せなさい。悪いようにはいたしませぬ」

と政子は言う。

そんな会話を聞かされるのが、姫前は辛そうだった。顔を伏せたままなにも言わない。

「ただし、条件がある」

頼朝は驚くべきことを言った。義時は姫前を決して離別しないという起請文を出さねばならない、という。それは姫前が望んだことか、頼朝が考えた悪戯か、義時は生涯知ることはなかった。が、義時の家庭にも気を配ってくれる、将軍夫婦の有難さは身に沁みた。

消失した鎌倉幕府の再建は、建久四年（一一九三）、見事になった。主殿には大広間、御殿、書院があり、別棟に家人の住居、厨、厩、倉庫がある。政所、問注所、公事奉行所も別棟である。

主殿は渡廊によって奥御殿に繋がっている。奥御殿は頼朝夫妻の居住部分で、対面所、寝所、書院、台所、局、奥が備わっている。

接客のための広間、御殿、書院もある。

義時の小町邸も新築された。場所は政所に隣接し、段葛に面して、八幡宮にもっとも近い一画である。前妻の処遇は政子に一任し、姫前との新しい暮らしが始まった。

頼朝は不思議と落ち着いていた。長年の心労を癒やそうというのか、政務から離れ、政子と寺社を巡り、好きな狩りに行く。五月には富士の裾野で巻狩を催し、時政も義時もこれに供奉した。このとき、事件が起きた。

五月二十八日、曽我十郎、五郎の兄弟が、父の仇である工藤祐経を討ったのだ。その直後、兄弟はさらに祖父の仇として頼朝に迫って来た。十郎はその場で討たれ、五郎は捕縛され、のち処刑された。

　この報が鎌倉に届いたのは三十日だった。頼朝も討たれたという噂がともに伝わって来た。政子は愕然として、即刻、富士の裾野へ馬を走らせようとした。そこへ駆けつけて来た範頼が、

「ご心配には及びませぬ。われがついておりますゆえ、後のことはご心配要りませぬ」

　と政子を宥めた。

　そのことを政子から聞いた頼朝は、範頼の一言に疑念を抱いた。頼朝は範頼を厳しく詰問したが、範頼は舌が縺れて、

「謀反などと、どうしてわれが――」

　後は言葉にならない。ただ震えるばかりだった。範頼は何枚も異心のないことを証する起請文を書いた。範頼には謀反を企てる度量もなければ、幕府を背負って行く器量にも欠ける。頼朝はこの件を不問に付すつもりだった。

　そんなとき、範頼の家人である当麻某が、奥御殿の寝所の床下で捕らえられた。当麻は主人の身が案じられるゆえ、様子を知りたくて忍び込んだ、と自白した。頼朝は信じなかった。あるいは、信じない振りをした。範頼を伊豆修善寺に幽閉し、その年の内に、郎党の手で密かに始末させた。

この件について、頼朝は一言も義時に話したことがない。むろん、義時が口を挟むべきことでもない。これで、頼朝は二人の弟を殺したことになる。やはり、頼朝は如何なる状況にあっても、安逸を貪っている人物ではなかった。頼朝の頭と心は、鋭く研ぎ澄まされていた。それを思うと、義時は己の中をなにか冷たいものが過って行くのを感じた。

と、鋭い痛みが下腹部を貫いた。

「うっ」

と思わず声が出た。

義時は小町邸の書院にいた。書見台の前に座していたが、目は文字を追うことなく、あれこれの物思いに耽っていたようだ。

錐で刺されるような疼痛が断続的に襲って来る。痛みは下腹部全体に広がり、便意が激しくなり、いまにも吐きそうになった。義時は厠へ立とうとしたが、足が立たない。しかし、粗相はしたくない。

「姫前、姫前」

呼びながら、這うように書院を出て、厠へ向かった。必死に嘔吐を堪える。

痢病（腸炎）は義時の持病である。暴飲暴食、極度の疲労と緊張感がこの病を誘発する。それが分かっていても、酒好きの義時は暴飲暴食を止められない。鎌倉幕府の上層部に身を置いていては、働き過ぎは当然である。頼朝、幕府の首脳部、有力御家人が相手では、どれほど神経を使っても、使い過ぎるということはない。それでも、身の安全を図るのは難しい。戦なら敵は明白である。が、幕府の中にあっては、敵味方の区別がつかないのだ。今日の味方は易々と明日の敵となり得る。義時が信じられるのは血を分けた肉親と、畠山重忠という友だけだった。

しかし、頼朝は別格の存在である。味方でも敵でもなく、信じる信じないを超越したところにいる、憧憬の人物である。

義時は駆けつけた家人の手で厠へ運ばれ、独りで己の始末をつけた。幾度も下痢と嘔吐を繰り返して、やっと痛みが和らいだ。が、体全体の鈍痛と不快感に義時は打ちのめされた。姫前と侍女の手で寝所へ運ばれた。

「おれを伊豆へ連れて行ってくれぬか」

と姫前に言った。

「喜んでお供させていただきまする」

北条の地のあの山野、あの狩野川の風景、あの爽やかな大気が義時を呼んでいる。姫前はまだその地を見ていない。二人で、しばらくの間、伊豆で静養したい、と義時は心から思った。

「いつお連れ下さるのか、私はずっと心待ちにしておりました」

「直ぐに支度に掛かってくれ。お上には書状を認める」

「でも、そのお体では――」

「構わぬ。行くぞ、伊豆へ」

そう言って、義時ははっと気がついた。姫前は身重の体だった。

「これは迂闊だった。そなたは――」

「大丈夫でございます。臨月にはまだ間がございまする。なんと仰せになられても、お供させていただきます」

義時と姫前が数名の供と鎌倉を発ったのは二日後だった。

秋も深まった頃、姫前は無事男児を出産する。泰時に次ぐ次男朝時である。

三

建久六年（一一九五）二月十四日、頼朝は軍容を整えて鎌倉を発した。第二回上洛である。前回同様、先陣の先頭は畠山重忠、もちろん義時も供奉する。頼朝、四十九歳、義時は三十三歳になる。

前回と異なって、政子、大姫と頼家ら子供らが一緒だった。いわば、家族総出で京見物に出たという風だった。義仲、義経らの残党が道中を騒がす心配があって、警護は相変わらず厳重だった。

京見物の他に、頼朝の上洛の目的の一つに、戦火で焼失した南都東大寺の落慶供養への出席がある。もっとも大事なのは、九条兼実との面談であるはずだった。が、そのことについて、義時は意見を徴されていない。上洛の真の目的が隠されている気配が感じられるのだった。しかし、それがなにか、義時には見当もつかない。

昨年、頼朝は理解に苦しむようなことをした。突然、征夷大将軍を辞任する意思を朝廷に伝えたのだ。あれほど願って来た地位である。それをなにゆえ辞任するのか、朝廷はその真意が摑めなかった。関白兼実にも分からない。朝廷はこの辞表を受け付けなかった。頼朝は、再度、辞任願を朝廷に送りつける。しかし、朝廷はこの二度にわたる辞任願を頼朝に送り返した。

その上での上洛である。政子も口を閉ざしてなにも語らない。義時はいわば消化不良の気分で供についた。

頼朝一家は、三月四日、六波羅邸に入った。頼朝が石清水八幡宮に一晩籠もって何事かを祈願し、そこから東大寺に向かったのは三月十日だった。無事、落慶供養の式が終ったのは十二日である。

三月二十七日、頼朝は参内し、義時はこれに供奉する。その後、宮中で頼朝は丹後局と呼ばれる高階栄子と公卿源通親に会った。

頼朝は、前回の上洛以降、まだ一度も兼実と会っていなかった。上洛して誰よりもまず会わねばならないのは兼実である。二人は法皇御万歳の時をともに待って来た。それが現実のものとなったいまこそ、二人は新しい政治について話し合わねばならないはずである。兼実は頼朝との会談を待ち侘びていた。

丹後局は亡き後白河法皇の寵姫で、楊貴妃と呼ばれていたほどの美貌の持主だった。政子とほぼ同年配だが、いまでもその面影は十分に残している。才気に溢れ、法皇在世の頃から政治に口を出し、〈院の執権〉と言われた。後鳥羽天皇を玉座につけたのは丹後局である、と言われている。その勢力は法皇の莫大な遺領を背景にして、いまも衰えがない。

法皇と丹後局の間に生まれたのが皇女宣陽門院内親王で、その院司を務めていた公家が通親である。通親は平家全盛時に妻を捨て、清盛の姪を娶って政界に出た。

平家が滅びると、いち早く清盛の姪を離縁し、法皇の許に走った。

そして、後鳥羽天皇の乳母を務めた高倉範子を妻とする。さらに、範子の娘在子を己の養女として、天皇の後宮に送り込む鉄面皮な人物である。こうして、通親は丹後局と結んで、着々と勢力を伸ばしつつあった。

丹後局と通親は天皇の周辺にもっとも影響力を持っている。朝廷における兼実の最大の政敵は、この二人を中心とした一派である。一派は反幕府、反兼実を公然と標榜していた。

そうした京の事情は、むろん、義時も承知している。その二人に頼朝は兼実よりも先に会ったのだ。そのことに、昨年二度までも征夷大将軍辞任の意を朝廷に伝えた事実を重ね合わせて、やっと義時にも問題の見当がついた。問題は大姫だったのだ。

参内二日後の二十九日、頼朝は丹後局を六波羅邸に招いた。その席に政子と大姫が挨拶に出た。大姫を一目見て、

「なんとお美しい」

と丹後局は言った。

その表情はそれが単なる世辞でないことを物語っている。

「大姫様なら、たちまち、都の男どもを虜にしてしまいましょう」

と小さく笑う。

大姫は無表情に聞き流している。

「体の方も、近頃、よくなりました。鎌倉からの長旅も難なく――」

と政子は言い、

「如何にも、丈夫になったのう」

と頼朝は頷く。

大姫の美しさは尋常のものではない。体は小さく、病勝ちゆえほっそりしている。それがまるで人形のような均整のとれた、よき姿形を作り上げていた。膚は透き通るように白く、むしろ透明な感じさえする。どことなく儚げで、いまにも消え入りそうな風情が、この世のものとは思われない美貌となっていた。声は小さく、鈴の音のように澄んで高いが、言葉は一語一語明確だった。

幼い頃から始まった大姫の気鬱の病は、長じても一向によくならない。寝込むほど悪化することもしばしばだった。京から名高い薬師が幾名も呼ばれたが、無駄だった。

大姫は一度も頼朝と政子を責めなかった。義高を喪った寂しさ、苦しさを自分の胸の裡だけで耐えていた。それがかえって頼朝と政子には辛い。二人は大姫のために義高の追善供養、読経、寺院への祈願を続けて来たが、その甲斐はなかった。

　昨年の夏、大姫が不思議と元気を取り戻したことがあった。その頃、京から一条能保の息高能が鎌倉へ下って来た。能保は頼朝の妹婿で、京都守護として代官を務めている。高能は十八歳になる眉目秀麗の青年公家である。

　頼朝と政子は、大姫をこの高能に娶せることを考えた。そうすれば、大姫の心機一転になるのではないか。ところが、話を聞いた大姫は、

「嫁ぐくらいなら、深い淵に身を投じて死んでしまいまする」

　と一言のもとに撥ねつけた。

　そうしたある日、頼朝が大江、三善、中原ら政治顧問とも言える三名と評議しているときだった。

「大姫様も入内ということなら、お心を動かされるのではありませぬか」

　そんな言葉が誰かの口から洩れた。入内、その一言は天啓のように頼朝の心を貫いた。

「そうか、入内か」

　と呟く。

これまで、思いつきもしなかった考えだった。後鳥羽天皇は大姫の二歳下になるが、問題はない。大姫がこれを受け入れてくれれば、これほど有難いことはない。

「入内か」

と頼朝はいま一度口に出した。

大姫が入内して皇子を産み、その皇子が践祚（せんそ）することにでもなれば――。頼朝の心は怪しく揺らめいた。頼朝は天皇の外祖父となり、その権力は計り知れないものがある。相談を受けた政子も、大姫可愛さに一も二もなく賛意を示した。

「ならば、早々に丹後局と通親に誼（よしみ）を通じてみるか」

「あのしたたか者が信じられますのか」

「なあに、われが遣うてやるのよ。案ずることはないわ」

と頼朝は笑った。

入内の件はまだ大姫の耳には入れていない。挨拶を終えて室を出る大姫を目で追って、

「帝も大姫様を一目ご覧になれば、お気に召しましょうな」

と丹後局は言った。

「して、お話し下さいましたのですね」

と政子は遠慮なく問う。

「ええ、まあ、それとなく」

「それで、ご返答は？」

「いまのところは、なんとも仰せになってはおられませぬ」

丹後局の言葉には、どこか曖昧なところがある。政子はさらに追及したかったが、頼朝が目顔でそれを止めた。会談はまだ何回も続く。焦るな、と頼朝の横長の大きな目が言っていた。


頼朝が兼実を六波羅邸に招いたのは、四月に入ってからだった。

「この日を痺(しび)れを切らしてお待ちしておりました」

と兼実は皮肉る。

同席している義時には挨拶もない。

「いやはや、女どもが一緒だと、さすがに疲れ申した」

兼実への土産は馬二頭だけだった。土産の多寡(たか)に拘泥(こうでい)する兼実ではないが、さすがに驚いたらしい。〈コレヲ如何セン〉、と『玉葉』に書き残している。

丹後局を招いたときには、銀製の蒔絵(まきえ)の箱に砂金三百両を納め、白綾(しらあや)三十端の上にのせて贈物とした。丹後局の従者たちにも引出物を贈っている。その差は歴然としていた。

頼朝は機嫌よく話したが、政治向きのことはほとんど口にしない。話柄は道中のこと、都のことなど取留めもないことばかりだった。

丹後局と通親の線から大姫入内を画策している頼朝にとっては、兼実は敵対する一派の首魁ということになる。その兼実の働きで手中にした征夷大将軍の地位は、返上しなければならないのだった。中宮任子の父である兼実は、いまや、競争相手の一人ということにもなる。

その辺の事情は、兼実も感づいているようだった。それでも、必死で喰らいついて来る。

「ところで、一つ、どうでもお聞き願いたいことがございます」

と兼実は言った。

「はて？」

「國衙領のことですが――」

三年前、法皇の病が重くなったとき、丹後局らは大急ぎで広大な國衙領を荘園とした。それらを法皇の御領として、遺領の増加を図ったのだ。兼実は断固としてこれに反対し、法皇の死後、これらの荘園を國衙領に戻してしまった。頼朝はこれに同意していた。

「それらの御領を、再び、法皇の遺領に繰り入れるべく、鎌倉殿に働き掛けている、と聞き及びまする。その阿漕なやり口は、断じて許せるものではありませぬ。そのことを十分にお含みおき下され」

頼朝は返事をしなかった。義時に顔を向け、

「そろそろ時刻かな」

と問う。

「はっ」

と答えると、

「では、また、近い内に」

と頼朝は腰を上げた。

その後、頼朝が兼実と面談することはなかった。國衙領については、丹後局と通親の願いを容れて、先の決定を取り消した。これによって、宣陽院内親王に譲られた遺領は莫大な荘園の集まりとなった。

頼朝と政子は、数回、丹後局と通親に会って話し合った。摂津天王寺参詣のとき

には、約束してあった一条家の舟を断って、丹後局の舟に乗って機嫌を取ることさえやった。

こうして京滞在は四か月近くになったが、大姫入内の成否は一向にはっきりしなかった。これ以上、鎌倉を留守にしているわけには行かない。六月二十五日、頼朝は京を離れた。

その直前、義時は政子と二人切りで話す機会が持てた。そして、入内問題の詳しい経緯を政子から聞き出した。

「お怒りは承知で、お尋ねいたします。お上は、一体、なにを考えておられますのか」

と義時は政子に言った。

かつて、頼朝が義時に、

「入道殿は道を間違われたようだ」

と言ったことがある。

その言葉は、清盛が朝廷という仕組の中から、一歩も出られずにいることを意味していた。さらに、

「われが入道なら、〈武士による天下の政〉を目指すことになろうかのう」

と頼朝は言った。

〈武士による天下の政〉という言葉が、義時の中に棲み着いたのはそのときだった。院、帝、公卿、そして朝廷の介入を許さない武士による新しい政治。それがどういうものか、義時には思い描くことすら難しい。それは茫漠とした幻のようなものだった。その幻に向かって、頼朝とともに歩んで行きたい、と義時は痛烈に願った。

その後、頼朝がその言葉を口にしたことは一度もない。しかし、頼朝は平家打倒の兵を挙げ、これを滅亡に追い込んだ。義仲、義経を討ち、奥州を征討した。その苛烈な歩みは、頼朝が幻に向かって着実に歩みを進めている、と義時に確信させた。

その傍らに己がいる。そのことに義時はどれほど心を躍らせたことか。が、先は遠い。行き着く先がどのような姿を見せてくれるのか、義時にはまだ見えて来ないのだった。

そこへ、今回の大姫入内問題である。頼朝は清盛入道と同じ道を歩もうとしている、と義時には思われる。それとも、頼朝が思い描いて来たのは、義時の幻とは違うものだったのか。

「丹後局と通親の二人が、鎌倉のためになにかをなす気遣いはありませぬ。お上を利用し、愚弄するだけでございましょう」

と義時は政子を凝視する。

その目は異様なほどの光を集めていた。

「そうお思いなら、なぜ、そなたがお上に諫言いたさぬのじゃ」

と政子も義時を睨み返す。

「それがしがなにか申せば、お手討になるのは必定です。なにも変わりませぬ。お上をお止め出来るのは、姉上しかおられませぬ」

不意に、政子の体から力が抜けた。

「私は大姫が不憫で――」

後は言葉にならない。大粒の涙が政子の頬を流れた。

すべては手遅れだった。祭は終ったのだ。丹後局と通親は大姫入内をちらつかせて、欲しい物を手中にしてしまった。親鎌倉派の力を弱め、膨大な贈物を懐にしたのだ。義時は己の無力を嚙み締めるしかない。

頼朝一行が美濃国青墓の駅に着いたとき、鎌倉から一つの報せが届いた。政子と義時の妹である稲毛重成の妻が、危篤に陥った、という。嫁いでからも、しばしば、大姫の許に伺候して慰めて来た優しい妹だった。重成は畠山重忠と同じ武蔵国の豪族である。頼朝の許しを得て、馬を駆って急ぎ秩父(ちちぶ)へ帰って行った。政子と義時は行列を離れられない。

一行が鎌倉に帰り着いたのは七月八日だった。妹はすでに四日に息を引き取っていた。重成は妻の死に耐え切れずに出家する。政子も喪に服し、時政と義時は伊豆に帰った。

四

義時が妹の喪に服するため、時政とともに伊豆に下ったのは七月十日だった。亡き妹のために、毎朝、欠かさず読経(どきょう)をし、願成就院に参詣して、思い立てば三島神宮にまで足を伸ばすこともあった

義時は姫前を連れて帰った。姫前が側にいてくれなければ、己を支えられぬほど、義時は己が空っぽになったような気がしていた。

見た目にもそれは明らかだった。

「長いお務めでお疲れになられたのでしょう。この伊豆で少しゆるりとなさりま

せ」

と姫前が言う。

寝所で二人切りになった夜更けだった。風を通すため障子（しょうじ）を開け放ち、蚊遣（かやり）を焚（た）いている。横になった義時に、身を起こした姫前が団扇（うちわ）でゆっくり風を送ってくれる。灯（ともしび）は庭の篝火（かがりび）である。

確かに、頼朝の旗揚げから十五年、頼朝の傍らにあって働きづめに働いて来た。が、それは義時に限ったことではない。頼朝はもとより、時政を始めとする有力御家人のすべてに言えることだった。

この十五年、おれは一体なにをして来たのか、と思う。〈武士による天下の政〉という幻に向かって、歩みを進める頼朝を手伝って来たつもりだった。その幻は伊豆からくっきりと見える富士のお山のように、毅然（きぜん）、泰然として義時の眼前に光り輝いていた。

しかし、頼朝が追っていたのは、天皇の外祖父という朝廷の頂点の一つだったようだ。皇族でない頼朝にとって、それは似非（えせ）の頂上に過ぎないものではないのか。

それを知ったとき、義時の心と体から、物事を成し遂げるすべての力が抜け去ってしまった。後には抜殻（ぬけがら）しか残っていない。その抜殻が、いま、姫前が送ってくれる風を受けている。

しかし、おれは生きている、とふと思う。生きて、姫前を愛しいと思い、団扇の風を涼しいと感じている。

「不思議なことだのう」

と義時は呟いた。

「なにがでございますか」

「おれがこうして生きていることがよ」

「貴方様には、いつまでも健やかでいていただかねばなりませぬよ」

「その方もな」

「はい」

石橋山で兄の宗時は討死した。しかし、義時は生き延びた。豊後の戦場でも、義時は死なずに帰還した。これまで、病で寝込んだことが幾度もあるが、助かって来た。義時が自らの力で切り抜けて来たのではない。不思議な偶然によって、生かされて来たのではないか、と義時は思う。

人はその偶然を操ることも、偶然の意思を知ることも出来ない。人に出来ることは、偶然が与えてくれる僥倖に感謝して、己の意思で歩んで行くことだけである。

そして、偶然と人間の意思が交錯して、歴史が織り上げられて行くのではないか。ならば、いまのおれに出来ることはなにか、と義時は己に問う。頼朝に突き放されたという思いはあるが、頼朝に対する尊敬と敬愛になんの変化もない。頼朝だからこそ、多種多様な東国の有力御家人を、一手に掌握出来たのだった。しかし、間違いなく大姫入内は不調に終る。この先、頼朝はどのように朝廷と向き合って行くのか。

それを考えたとき、いまの義時になせることは、一つしかないことに気がついた。それは、これから先も頼朝の手足となって働くことだけだった。

「そうだな」

と義時は己に呟いて身を起こす。

姫前を抱き寄せ、

「鎌倉に帰るぞ」

と言った。

八月十三日、時政と義時は鎌倉に戻った。

義時が帰還の挨拶を頼朝に述べてほどなく、兼実の娘である中宮任子が皇女を出産した。そして、十一月一日には、通親の養女である承明門院在子が皇子を産んだ。後の土御門天皇である。

　これに勢いを得た丹後局と通親はさらに権勢を強め、公然と兼実一派を圧迫した。いまでは、頼朝の立場が反兼実であることは誰の目にも明らかだった。が、大姫入内の件は一向に進展しない。

「あの奸智に長けた女狐と悪賢い猿めにしてやられたか」

　と頼朝は政子に洩らした。

　さらに、翌建久七年（一一九六）十一月、兼実は関白を罷免され、任子は宮中から追い出された。兼実の実弟慈円も天台座主の地位を奪われる。こうして、九条一門は政界において力を失って行った。

　頼朝の痛手はさらに続く。建久八年七月十四日、大姫が二十歳の短い生涯を閉じた。稲毛の妻だった義時の妹の死が、大姫の心をさらに蝕んでしまったのだ。妹は大姫が心許せるただ一人の若い叔母だった。

　通親が打った次の手は、後鳥羽天皇の退位、土御門天皇の即位だった。建久九年正月のことである。ここに、後鳥羽上皇の院政が始まり、通親は土御門天皇の外祖父であり、院執事別当となる。その権威は計り知れないほど大きく、世の人は通親を〈源博陸〉（源氏の関白）と呼んだ。

そうした一連の人事の伺いが朝廷から届いたが、実質は事後承諾の催促だった。後鳥羽上皇は、当年、十九歳、土御門天皇は僅か四歳に過ぎない。

「なんたる専断、手前勝手か。許せるわけがなかろう」

と頼朝は大きな頭を震わせて叫んだ。

義時を睨みつけているが、目はなにも見ていない。御所主殿の御殿にある執務室には、大江広元らが参集していた。しかし、兼実を失ったいまとなっては、朝廷で頼朝を代弁する者はいない。

「よし。反撃じゃ」

と頼朝は言った。

上洛から戻って以来、頼朝は日に日に生気を失いつつあった。その頼朝が、突如、下膨れした顔面に気力を漲らせている。

「義時！」

「はっ」

「そなたなら、なんとする」

「差し当たっては、数千騎の軍勢を率いて上洛なさり、京を震撼させることかと思われまする」

「そうだ。大軍を率いて上洛するのだ。公家どもには、われら武家の軍勢ほど恐ろしいものはない。早急に上洛の準備をいたせ」

「心得ました」

それから頼朝は広元に、

「その方は直ちに京へ上れ」

と命じた。

「畏（かしこ）まりました」

広元は与えられた重大な使命がなにか分かっている。上洛して鎌倉の拠点を構築し直すのだ。一条能保が亡くなって、京都守護は公事奉行人の中原親能が兼任している。が、親能は滅多に京へ足を運べないでいた。

通親は兼実を失脚させた後、流罪にしようと画策した。さすがに頼朝は反対したが、通親は頼朝の同意がありそうな噂を流したものだった。その兼実の復帰が広元に課せられた大きな役目である。それでこそ、兼実を京に残しておいた意味があるというものだった。

大軍を率いた上洛の準備は、義時の手で着々と進んだ。が、上洛の時期の見極めが難しい。やがて、年の瀬が迫って来た。

十二月二十七日、頼朝は相模川の橋の落成供養に列席した。妻を失った重成法師が、亡くなった妻の追善供養のために架けた橋である。政子も義時も臨席し、頼朝は自ら馬で出掛けた。

帰途、義時は二十騎ほどの警護の者を指揮して、頼朝の背後を固めていた。政子の駕籠（かご）が後に続く。

あっ、と義時は思った。

先を行く馬上の頼朝の体が、突如、ぐらり、と前に傾き、それからゆっくり後ろに反り返る。と思った瞬間、今度は大きく右に揺れ左に揺れる。そんな動きが二、三度あった。

「お上！」

義時が叫んで、馬腹を蹴（け）ったとき、頼朝が真っ逆様に落馬した。義時の目にゆっくりと頭から落ちる頼朝の姿が映じる。

「お上！」

義時は下馬して頼朝に駆け寄った。

「何事か！」

と政子が駕籠（かご）から出て来た。

「周りを固めよ」

と義時は警護の者に命じた。

いつ如何なる場合にも、敵方の襲撃に備えなければならない。が、頼朝はこの鎌倉の地での大仰な警護態勢を嫌っていた。

頼朝は仰向けに倒れていた。どこからも血は流れていない。横長の大きな目を瞠って、義時を見ているようだった。笑っているようにも見える。乗馬に慣れた己が落馬する。そのことを自嘲しているかのようだった。しかし、

「大事ありませぬか」

と声を掛けても、なんの反応もない。

駆けつけた政子が覆（おお）い被さるようにして、頼朝の体を揺さぶった。

「しっかりなさりませ。なんとなされたのですか」

すると、

「大事ない」

と頼朝が答えた。

細い声だったが、はっきりと聞き取れる。それから起き上がろうとしたが、政子

がそれを止めた。とにかく、駕籠で御所へ運ぶことになった。途中、薬師が駆けつけ、

「ご心配には及びませぬ」

と一同を安堵させた。

だが、全身を強く打ったせいか、頼朝はそのまま寝ついてしまった。正月も病牀で迎えねばならなかった。それでも、気持はしっかりしていて、幾度も起き上がろうとするが、政子は無理をさせない。薬師も、

「いま少し、ご養生が肝要かと存じまする」

と大事を取った。

ある日、頼朝は病牀で自ら筆を手にした。

〈今年 必ズシズカニノボリテ 世ノ事沙汰セント 思イタリ 万ノ事存ジノ外ニ候〉

と兼実に書状を書いた。

また、ある朝、頼朝は明け方見た夢の話を政子に聞かせた。頼朝は邸の外縁に立っていた。伊豆の北条館の敷地に時政が建ててくれた新築の邸だった。傍らに政子がいる。夜だった。二人は息を殺して北東の夜空を見上げていた。夜の空が火の手で赤く染まれば、手勢の奇襲が成功した報せとなる。数十名の手勢が向かったのは

目代の山木館だった。

　奇襲が成功すれば、頼朝の平家討伐の旗揚げとなる。失敗すれば、身の破滅である。庭に榎の巨樹がある。厩番が物見に樹に登っていた。

「まだ、火は見えぬか」

と頼朝は厩番に、幾度、声を掛けたことか。

　そして、ついにその時が来た。

「見えました」と厩番が叫ぶ。「真っ赤な火の手見えまするぞ」

「そうか。見えるか」

　頼朝は燃え盛る火をはっきりと見た。その炎の余りな熱気に目が覚めた。目覚めた後も、心の昂ぶりが頼朝を揺さぶり続けた。あれから十九年、あの夜ほど心が震えたことがあったろうか、と頼朝は政子に語った。

　頼朝が逝去したのはその数日後だった。正治元年（一一九九）一月十三日である。落馬が引き起こした脳出血による、と薬師は診断した。

　頼朝、五十三歳、政子は四十三歳、そして、義時は三十七歳だった。

三章　愚なる長

一

　死の直前、頼朝はなにを思ったか、枕頭に政子と子供たちを呼び集めた。嫡男の頼家は十八歳、次男千幡（実朝）は八歳になる。十五歳になる次女三幡もいる。頼朝は政子に頷いて頼家に視線を移す。なにか言おうとするのだが、出て来た言葉は、

「あ、あ、あ」

という呻きのようなものだった。

政子にはそう聞こえた。

　すると、頼家がつと立ち上がった。その顔には嫌悪の表情が露骨に出ていた。千幡はどこか遠くを見るような目で、じっと父の顔に視線を注いだままだった。

「どこへ行くのです」

　と政子が頼家の背に声を掛けたが、頼家は足早に寝所を出て行った。

　日頃から頼家は父を嫌っていた。顔を合わせるだけで、恐ろしい威圧感に襲われるのだった。その上、頼朝は事あるごとに、武士の統領であり、鎌倉幕府の長たる者の心得を説いた。それを聞かされるのも嫌だった。が、逃げられない。頼家は顔を俯け、唇を嚙み締めて長い長い時を耐えた。子に見せる慈愛溢れる表情を、父の顔に見たことなど一度もない。

　頼家には、己の中に鬱屈したものを解き放つために、武芸と蹴鞠と女が必要だった。頼朝はそのどの一つも認めてくれない。だからこそ、頼家は時を忘れて武芸の鍛錬、蹴鞠の練習に励んだ。才もあったのか、頼家は武芸の達人となり、蹴鞠の名手となった。

「あれは駄目じゃのう」

　と時政は義時に言った。

　義時が名越邸に時政を訪ねるのは久し振りだった。二人は書院に向かい合って、酒と料理を楽しんでいた。時政の後妻牧の方の采配か、料理はなかなか手の込んだものだった。時政も義時も酒は好きだが、酒に呑まれることは滅多にない。

「駄目でございますか」

と義時が問い返す。

「駄目だなあ。どうにもなるまい」

あれ、とは若き鎌倉殿頼家を指す。

「しかし、なんとか切り抜けて行くしかありますまい」

「それはそうだが――」

と時政は大きな酒杯を傾ける。

どっしりと胡座(あぐら)を組んだ時政の大きな体が義時を圧倒する。左右に撥ね上がった野太い眉にも、ぎろりと剝(む)いた目にも力強さがある。時政は、今年、六十二歳になるが、まったく老いを感じさせない。頼朝の死にも動ずる気配はまるでなかった。

義時は、時政の言葉を借りれば、駄目だった。頼朝の突然の死になす術(すべ)もなく狼(ろう)狽(ばい)し、惑乱してしまった。死神の気紛れがいつ誰の襟首を摑むか、人がそれを知ることはない。そのことを改めて思い知らされた。それは恐ろしいことだった。

義時の目の前には厳然とした幻が聳(そび)え立っている。義時はその幻に向かって、頼朝とともにどこまでも歩んで行きたかった。

しかし、頼朝は、突如、姿を消してしまった。頼朝によって現(うつつ)の姿を現し掛けた幻も、再び、厚い霧に覆われて遠ざかって行った。では、この先、独りでどのように足を運んで行けばよいのか。そんな途方もないことが出来るのか。そうした自問自答を繰り返して、義時は頼朝を喪った悲しみに耐えた。

その間に、頼家が後継者に決まる。日本国総守護、総地頭の地位を承認する朝廷の文書も発行された。歴とした鎌倉殿の誕生である。征夷大将軍補任を朝廷に要請し、これも間もなく認められるはずである。

その頼家は頼朝という強力な箍が外れて、心身ともに舞い上がってしまったようだった。

「われは生まれながらの鎌倉殿である。誰にも邪魔されることなく、思うがままの政が出来るぞ」

と近侍の若侍に公言して憚らない。

頼朝同様、幕府の頂点に立つ独裁者として、御家人たちに君臨しようと考えている。そして、それが出来る、と本気で思っているところが厄介だった。

頼朝の死の翌月、源通親は京から鎌倉幕府の勢力を一掃する挙に出た。京にいる一条一門とその配下を根こそぎ逮捕して、ある者は処罰し、ある者は追放に処した。頼朝に旗揚げを勧めた荒法師文覚も佐渡島へ流された。

これに対して、頼家はなんの意見も持っていなかった。ただひたすら、征夷大将軍補任の除書を待っているだけである。

「このままでは、あ奴はなにを仕出かすか知れたものではないぞ」

と時政は言う。

あ奴とは頼家のことである。いまのところ、頼家は刀術と蹴鞠、女に現を抜かして満足しているようだった。だが、この先、無事に済むとは思われない。鎌倉の御家人のほとんどが、頼家という若い指導者を危ぶんでいる。

恐ろしいのは訴訟の裁断が頼家によってなされる、ということだった。この裁断を誤れば、御家人が黙っているはずがないのだ。

「そこで、わしは考えた」

「考えられましたか」

「考えたぞ。知恵を絞ったわ。まずは訴訟の裁断は御家人による合議による、という手を考え出した」

幕府を代表する御家人を選び出し、彼らによる合議を可能にする制度を創設するのだ、と時政は言う。これは幕府始まって以来、最初の合議制度となる。

「それは名案です。よくぞ考えられました」

「そうか」

と時政は満更でもない顔つきだった。

時政の酒は顔に出る。まるで鍾馗のように赤くなった顔が綻んでいる。

「その方が知らん顔をしておるゆえ、わしが知恵を絞ったのよ」

「大御台の意見を徴しましたか」

「渋々じゃが、同意するしかなかろう。広元殿の意見も伺うた。いまのままでは、致し方ない処置であろう、ということだった」

「左様ですか」

「そこで、その方の意見を聞きたい」

「如何なる顔ぶれをお考えなのですか」

「そうよのう。まずはわしとその方、それから――」

大江広元、三善康信、中原親能、三浦義澄、八田知家、和田義盛、比企能員、安達盛長、足立遠元、梶原景時、二階堂行政の名を挙げた。八田知家は下野国、足立遠元は武蔵国の豪族であり、二階堂行政は京の公家である。比企能員は比企尼の甥で、尼の養子となり、娘の若狭局は頼家の妻である。総勢十三名、創業の功労者、京から来た有能な公家官僚など、幕府を支える主要な人物が選ばれている。

「よき人選かと思いますが、それがしが入っているのはいささか面映(おもは)ゆい思いがします」

　義時は十三名の中の最年少になる。

「なあに、構うことはない。そなたも十分にその資格があろう」

「どうでしょうか」

「わが婿殿は鎌倉幕府創業の偉大な人物じゃ。わしは誇りに思うておる。やっと武士の手によって幕府が作られたのだ。われらはそれを守って行かねばならぬ。二代目が愚なる者であっても、幕府を潰すわけには行かぬ」

　その通りである、と義時は思う。幻は遠くにあるとしても、頼朝がここまでにした幕府を守ることが、なによりも大事である。それを改めて時政に教えられたようなものだった。頼朝の死で腑抜(ふぬ)けになった義時を、時政は鼓舞(こぶ)してくれたのかも知れない。

「仰せの通りでございます。父上のお指図通りに働きましょう」

「それでよい」

　と時政は瓶子(へいし)を取って、義時の酒杯に酒を満たす。

「だが、お上は合議を受け入れましょうか」

「難しいが、大御台に説得してもらうしかあるまい。あれは不思議と大御台の言うことには耳を傾けるようだ」

「そのようですね。だが、これほどの顔触れともなれば、容易に事は決しますまい」

「そのときは多数決よ。だから、十三名なのだ」

「なるほど」

「幕府は北条が支えて行かねばならぬだろう。問題は訴訟だけではない。京とどう向き合うか、あの通親めをどうしてくれるか。やらねばならぬことが山ほどあるぞ」

「それだけではありますまい。これから、御家人同士の覇権争いが起きましょう」

　これまでは頼朝という中心が、太い綱で一人一人の有力御家人を掌握していた。その綱から解き放たれて、彼らは自らの力を誇示することになる。

「さて、それよ。しばらくは様子見ということになろうかのう」

「それはどういう意味でございますか」

「可能な限り、黙って見ている、ということじゃ。その上で必要とあらば――。まあ、それはそのときのことよ」

と時政は大きな舌でぶ厚い唇を舐めた。

時政はこの時を、つまり、頼朝の死をじっと待っていたのか。ふと、義時はそんなことを思った。

北条氏は伊豆の一介の小豪族に過ぎなかった。それが頼朝の旗揚げに勝負を賭けて、勝つことが出来た。そして、伊豆、駿河の守護にまでなった。しかし、東国の有力御家人、三浦、千葉、和田、梶原などと比べると、その勢力は明らかに劣っている。その分、軽く見られて来た嫌いがあった。

時政はそのような地位に満足している顔を、殊更、晒して来たのではないか、と義時は思っている。それは異様な猜疑心を持つ頼朝に向けた顔だったのではないか。

フフフ、と義時は声に出して笑った。

「なんだ」

「それにしても、父上はお若い」

「そうよ。いま分かったか」

と時政は豪快な笑いを弾かせた。

そのような腹の底からの時政の笑いを、義時は久々に聞いた。

二

頼家は激怒した。

政子は説いた。

「お上はまだお若いのです。お上たる経験も積んでおりませぬ。いましばらくは、皆様のお言葉をよくお聞きになって、いろいろと学ばねばなりませぬ。先代様も、旗揚げの頃は、お味方して下さる皆様のご意見に耳を傾けておられました。何事も学ぶことが大事なのです。お上とて、武芸と蹴鞠を一から学ばれたのでしょう。お上のお役目も同じです」

政子の情理ある言葉は、しかし、頼家の怒りを抑えることは出来なかった。鎌倉殿であるということは、武芸や蹴鞠を学ぶこととはまったく違う。頼家はそう思ったが、母には、

「よく分かりました」

と十三名による合議制度の創設を認めた。

頼家の反撃は直ぐに始まった。まずお気に入りの近侍五名を指名し、彼ら以外は

誰も鎌倉殿にお目通りは叶わぬと定めた。その五名とは、比企宗員、比企時員など比企一族やその縁に繋がる者だった。

さらに、彼ら五名とその従者が鎌倉で如何なる乱暴を働こうが、これに逆らってはならぬ、という命を発した。これにはさすがの政子も、腹立ちを通り越して呆れるしかなかった。

「なんという愚かなことを考え出すのか」

と時政は慨嘆する。

義時も放っておくこともならず、御所へ向かった。頼家は幼い頃から義時に馴染んで、しばしば、邸にも遊びに来たものだった。この三月、鶴岡八幡宮への奉幣使に任じられたのも義時だった。

しかし、応対に出た宗員は、

「上様にはお会いになれませぬ」

と無表情に言った。

「いま一度、義時が罷り越した、とお上に伝えよ」

と義時は言ったが、無駄だった。

続けて、頼家は途方もないことを思いついた。老臣や有力御家人の土地を削って、近臣に分け与える、という。これによって、有力者の力を削ぎ、己の自由になる若い近臣を育てて行くのが狙いである。頼家は五百町（一町は約三千坪）を超える土地を没収するため、土地台帳を召し出させ、算術の名人を呼び寄せて、その計算に取り掛かった。

これに気づいたのは広元だった。広元は義時に伝え、二人は御所に向かう。こんなことが実行に移されれば、鎌倉中が大騒動になる。東国が戦乱の渦に巻き込まれかねない。なんとしても止めねばならなかった。

五人組が二人の前に立ちはだかったが、

「そこをどかぬか！」

と義時が一喝して、二人は御殿の執務室へ向かった。

頼家は義時と広元を罵倒したが、結局、この件は延期ということで話がついた。問題は続く。今度はある土地の境界争いに介入して、白黒を明らかにした。土地の絵図の中央に墨で直線を引いて、

「土地が広い狭いは運次第よ。いちいち調査していては面倒で叶わぬ。以後、境界争いはかくのごとく取り扱え」

と命じた。

これを聞いたとき、義時は思わず笑ったものだった。その頃、頻繁に起きていた土地争いに、幕府はうんざりしていた。大から小まで訴訟に持ち込む風潮が、不正な訴えを濫発させていた。墨による線引きはそれを根絶するための、若者らしい施策と言えなくもない、と義時は合議衆に語った。

とはいえ、御家人にとっての最大の大事は所領の保護であり、この所領に関わる様々な争いの公正な裁きである。そのためにこそ、蜂起した頼朝を守り立てて、鎌倉幕府を創生したのだった。その所領を軽々しく扱うようでは、鎌倉殿の存在理由がなくなる。御家人は頼家に不満を募らせた。

そんなとき、頼家が軍兵を御所に集めて安達景盛を討つ、と騒ぎ出した。景盛は創業の功臣盛長の嫡男である。これには、義時も怒りを覚えた。

事の起こりはこうである。頼家は景盛の妾に目をつけた。美しいと評判の若い妾である。頼家は景盛をさる調査に三河へ派遣した。その留守を狙って、中野能成に命じて妾を拉致させた。小笠原長経宅に閉じ込め、機を見て、奥御殿の局の一室に住まわせる。中野も小笠原も寵臣の五人組である。その室には五人組以外誰も入れない。頼家は思う存分妾を弄んだ。

やがて、一か月が過ぎ、八月、景盛が三河から戻って来た。

「景盛がお上を恨み、憤（いきどお）っておりまする」

という報告が頼家に届く。

頼家は五人組と密談して、景盛を討ち取ってしまうことに決した。兵を集め、それが鎌倉中に知れ渡って、騒動が大きくなった。

こ度は政子は頼家の説得を諦（あきら）めた。安達邸に駆けつけて、義時を呼び寄せる。政子は書院で待っていた。景盛は姿を見せない。

「なにも言われるな。ここから私の使者をお上の許（もと）に遣わします。そなたに後見をお願いします」

政子の目が濡れている。

頼家はただ単純に景盛の妾の美貌に目が眩（くら）んだわけではない。義時にはそれが分かっている。頼家を取り巻く創業の功臣、有能な公家官僚、そして北条一族が我慢ならないのだった。頼朝という枷（かせ）は外れたが、代わって彼らが頼家を締めつけ始めた。

その息苦しさから逃れるため、頼家は身辺に寵愛する近侍だけを集め、比企一族に寄り掛かっている。しかし、新たな枷はびくともしない。景盛を討つとは、その枷の一つをぶち壊すことを意味する。義時にはそれがよく分かる。だからといって、これを放置しておくわけには行かない。

「心得ました」

と政子と目を合わせた。

工藤行光が使者に立ち、義時が後見として随行する。二人は謁見を許されて、御所の広間に通された。頼家は義時に気づいて癇性な顔を和らげた。

「義時か。よう参った」

頼家は老臣も北条も比企もすべて呼び捨てにする。政子はそれを叱っていた。頼家は床几に腰を下ろし、その左右に五人組が控えている。工藤と義時は頼家の前に蹲踞する。

「義時なら、われの意とするところが分かってくれよう」

と頼家が言う。

「恐れながら、それがしには分かりかねまする。まずは大御台所様のお言葉をお聞き下され」

と言った。

工藤が立ち上がって政子の言葉を伝えた。

「お上のお父上がお亡くなりになられて、まだ幾ほども経ちませぬ。にも拘わらず、家臣に刃を向けるとは只事とは思われませぬ。景盛はお父上が特にお情けを掛けていた者です。景盛に罪があるのならともかく、調べもせずに処断するようなことがあれば、後々、悔いることになりましょう。それでも、追討すると仰せなら、景盛より先にこの大御台所が矢でも刃でも受けましょう」

頼家は薄ら笑いを浮かべて聞き終えた。工藤が再び蹲踞の姿勢に戻ると、頼家は近侍の一人に、

「お使者と義時に床几を持て」

と命じた。

それから、工藤に視線を向けて、

「母上のお言葉は確とお聞きした。彼の者に罪があるか否か、景時に命じて調べさせる。母上にそう伝えよ」

と言う。

梶原景時は頼家の傅だった。それだけではない。うまく立ち回って、いまや頼家が信頼する唯一の旧臣である。義時は運ばれて来た床几に腰を下ろして、

「そのようなことをなされば、盛長殿が黙ってはいないでしょう。盛長殿を見縊っては、痛い目を見ることになります。それでも、父子ともども安達家を滅ぼすこと

は出来ましょう。しかし、御所も傷を受けまする。戦火の損傷だけを申すのではありませぬ。これなる五名の内、二、三名は死ぬことになりましょう」

と言った。

広間が、しーん、と静まる。

やがて、口を切ったのは頼家だった。

「ところで、時政は健やかにしておるか」

「それは。もう――」

義時は整った口許に微かな笑いを浮かべる。

「しばらく会うておらぬが、それは重畳」

「そうお伝えいたしまする」

「近い内に遠江守に任ずるべく、朝廷に奏請してやるつもりだ。楽しみに待っておるがよい、と祖父に伝えてやるがよい」

「それは喜びましょう。それで、思い出し申した。その祖父からそれなる五名の者に言伝がござった」

義時は五名の近臣に鋭い視線を浴びせて、

「その方らと従者どもが鎌倉で乱暴を働いている、と聞く。この後、そのようなことがあれば、わが郎党が捕らえて厳しく詮議するゆえ、覚悟しろ」

視線を頼家に移し、

「これが祖父のお言葉でございます」

と義時は言った。

頼家の表情が強張った。五名の者は不貞不貞しく、我関せず焉、と構えている。

「つまり、時政はわれの命は聞かぬ、と吐かすのか」

「はて、それは奇っ怪な仰せではありませぬか。鎌倉殿たる者が、近臣の乱暴を許す命を下すなど、誰が信じましょうや。恐らくこの者どもがお上の名を騙って、言い触らしたものに相違ありませぬ」

「もう、よい」

と頼家は床几を蹴り倒して立ち上がると、足早に広間を出て行った。

五名の者が無言で後を追う。

「では、戻るとするか」

と義時は工藤に言った。

頼家は、政子の言を素直に聞いたのか、義時の脅しに怯んだのか、軍兵を景盛の邸に差し向けなかった。政子は安達邸の書院で翌日の朝を迎えた。よかった、と心から思う。景盛のためにも頼家のためにも。が、まだ安心は出来ない。

景盛が自ら朝餉を運んで来て、

「お蔭様を持ちまして、無事に新しい日を迎えることが出来ました。この通りでございまする」

と深々と頭を下げる。

が、景盛は鎧を脱いではいない。

「昨日はなんとかお上の乱行を止めることが出来ました。しかし、これから先に禍根を残すことがないとは言えませぬ。よって、その方には不本意だろうが、二心なきことを起請文に認めて、お上に差し出したがよい、と思うのだが、如何かな」

「仰せの通りにいたしましょう」

「ああ、よかった。では、朝餉をいただきましょう」

「それがしもご相伴させていただきまする」

朝餉の膳は朝粥に梅干、香の物、干物という質素なものである。政子は旨そうに粥を啜って、

「ところで、女子の始末はなんとする」

と景盛に問う。

「女子次第でよい、と思うておりまする」

頼家の許にいるもよし、戻るもよし、身を隠したければそれもよし、ということである。

「相分かった。可哀想に、女子はなにも悪くはない。悪いのはお上です。では、身の振り方については、私に任せてくれますね」

「はっ」

政子は箸を置いた。

「ああ、美味しい朝餉でした。また、馳走に上がりたいほどです」

「どうぞ、いつなりと」

こうして、政子は景盛の起請文を持って御所に戻り、頼家を叱り、諭した。

三

事件の発端は些細なことだった。下総の結城朝光が御所の侍詰所で同輩と談笑していた。朝光は下野の豪族小山政光の息である。十月二十五日のことだった。御所内には冷たい風が吹き抜け、落葉樹はほとんど葉を落としている。が、気持よく晴れ上がった日で、詰所の中は暖かい。

朝光は三十三歳、頼朝に可愛がられて近習を務めて来た。甦って来る頼朝の思い出を語り始めると、あれこれと際限なく頼朝の姿が脳裏に浮かび上がって来る。やがて、朝光はなんだかもの悲しい気分に包まれた。大きな吐息を吐き、濡れた目を瞬いて、

「忠臣、二君に仕えず、と聞くが、まったくその通りである。それがしはご遺言で固く止められていたので、出家遁世はしなかった。それが悔やまれてならない。いまの世はどことなく危うく、まるで薄氷を踏む思いで日々を送っておる有様だ。そうは思われぬか」

と朝光は同輩に言った。

この感傷的な朝光の言葉が大事件を引き起こす。二日後、出仕した朝光の耳に、通りすがりの阿波局が囁いた。

「結城殿に謀叛の心あり、と梶原景時殿がお上に訴え出られましたぞ」

よって、朝光は近々討たれることに決まった、と。驚いた朝光が問い返そうとしたが、阿波局は素知らぬ顔で去って行く。阿波局は政子の妹で、千幡の乳母であ

る。朝光とは親しい間柄だった。

朝光は呆然と立ち尽くす。一体、どこからどうして朝光の言が景時に伝わったのか。なぜ、あれが謀叛と繋がるのか。寒風に晒されて、朝光は必死に頭を巡らせる。

しかし、そんなことを考えている場合でないことに気がついた。侍所別当の景時に睨まれては、命が幾つあっても足りない。朝光は三浦義村の邸へ駆け込んだ。義村は義澄の長子で、老いた義澄に代わって三浦一族の諸事を取り仕切っている。朝光には年上になるが、若いときから昵懇（じっこん）の付き合いをして来た。邸は御所と西大路を挟んだ目の前にある。

幸い、義村は在宅していた。話を聞くや、

「また、あの景時めが――」

と眦（まなじり）を決する。

「このおれが謀叛などと、よくも言えたものだ」

「心配するな。いつまでも彼奴（あいつ）の好きにはさせておかぬわ」

二人は和田義盛を入れて相談することにして、侍所に使いをやった。義盛は侍所所司（次官）の要職にある。義盛の邸は若宮（わかみや）大路にあって、義時の邸とほぼ向かい合っている。その夜、その邸に大勢の御家人が集まり、たちまち景時弾劾に衆議が一決した。

景時は石橋山で頼朝の一命を救った鎌倉一の功労者である。頼朝に寵愛されて、めきめきと頭角を現して来た。景時はそれだけの切れ者だった。そのことに異論を挟む者は鎌倉にはいない。

逸話がある。

義経と範頼の軍勢が京に攻め入り、木曾義仲を討伐したときのことである。多くの部将が戦勝の報せを次々と鎌倉に届けた。が、いずれの使者も、勝利したことだけを伝えて、その詳細は不明である。

頼朝は苛立って使者たちを罵倒する。そこへ景時の使者が到着した。使者は一葉の報告書を頼朝に差し出した。報告書には、討ち取った敵将、生け捕った武将、戦況の経緯などが簡潔に纏められていた。

景時は東国武士には珍しく、文筆の素養があって、歌も詠む。武芸にも優れ、上総広常粛清のときなどは、一太刀で仕留めている。

頼朝はそんな景時を重用した。侍所別当の初代は和田義盛だった。そのときの所司が景時である。義盛は武辺の者で、真っ直ぐな気性は誰にも好かれるが、別当の器ではない。そこで、頼朝は別当に景時を起用し、義盛を所司にした。義盛はその交代を景時の謀略によるものと思い込んでいる。その恨みは深い。

しかし、義盛にそう思われても止むを得ない振舞が、景時には余りにも多い。讒訴である。義経が頼朝との間を裂かれ、ついに死に追いやられたのは、景時の数々の讒言のせいである、と御家人の大半は知っている。が、頼朝は景時の讒言に騙されて来たわけではない。頼朝には取捨選択する能力があったし、都合よく使い分ける才覚もあった。

結果、景時はほとんどの御家人に蛇蝎のごとく嫌われ、敬遠されていた。景時だけが頼家に重用され、面会が許される特権を持っている。そのことへの嫉妬もあった。

その夜の内に鎌倉中に報せが届き、翌朝、有力御家人が続々と鶴岡八幡宮に集まって来た。千葉常胤、三浦義澄、安達盛長、畠山重忠等々、有力者のほとんどが顔を揃えた。その数、六十六名、彼らは回廊に集まって気勢を上げる。神前に一味同心を誓い、景時弾劾が本決まりとなった。弾劾状は公事奉行人の一人に依頼することも決まる。

「義時殿がおられれば、弾劾状などわけなく認められように」

と誰かが言って、義時と時政の姿がないことに皆が気づいた。

「おれが義時殿に会って来よう」

と重忠が言う。

そして、弾劾状は義盛と義村が政所別当の大江広元に提出することが決まった。

義時の許にも、昨夜、義盛の使いの者が来た。使いが帰ると、義時は直ぐさま腰を上げる。近侍の藤馬允を供に、裏口から邸を抜け出した。

外は幽かな星明りがあるだけで暗い。が、明りは持てない。鎌倉中を密かに人が動いている気配が感じられる。景時の邸は、中心部から東に外れた六浦路の大慈寺の近くにある。景時はその不穏な気配に気づいていないのだろうか、と義時は思う。

「足下にお気をつけ下さい」

と藤馬が言う。

藤馬は義時がどこへ向かっているか知っている。

「その方こそ、不様に転ぶでないぞ」

　時政は名越邸にいた。訪れを待っていたように、驚きの表情も見せずに義時を居室に迎える。義時は今宵の騒ぎを一通り報告して、

「これは父上が仕組まれたことですか」

　と単刀直入に訊いた。

「いや、そうではないが、景時の讒言のことは大御台から聞いておる」

「それで？」

「皆が騒ぎ出したのなら、この機を逃す手はないぞ。あ奴は獅子身中の虫だ。この先もお上が景時を重用するようなら、幕府は潰れる」

　景時の影響力は恐ろしくないが、このままでは幕府が弱体化して行くことは確かだった。幕府を支える強力な力が必要であるのは、義時にも分かる。

「よいか。誰かが幕府を支えなければ、朝廷に呑み込まれてしまうことになる。それが出来るのは北条だ、とわしは自負しておる。他に誰がいるか。いると思うなら、名を挙げてみよ」

　時政の言うことには一理ある。それが出来れば、お上が無能であってもやって行けないことはない。が、果たしてそれだけの力が北条に備わっているのか、義時に

は確信がない。

「だが、まずは景時だ」

「――」

「なんだ、その方は反対なのか」

義時もそろそろ肚（はら）を決めなければならない時だった。

「いいえ、反対ではありませぬが――」

「それならよし。が、今回は、北条は表立って関わる必要はない。放っておいても、義盛と義村が景時を追い詰めよう。その後はわしに任せてもらう」

義時は黙って頭を下げた。それでよい、と義時も肚を据える。藤馬は邸内の樹木の暗闇の中から出て来た。

「明朝、鶴岡八幡宮へ行け。誰が集まり、如何に決まるか、見届けるのだ」

と義時は藤馬に命じた。

「承知。で、その後は？」

「そうだな。久し振りに兎（うさぎ）でも狩るか」

「それはよろしゅうございまする。料理はそれがしにお任せを」

と藤馬が笑った。

建物から僅かな明りが洩れている。義時は久々に藤馬の笑顔を見た。

義時が藤馬と出会ったのは、十四年前、豊後の葦屋浦の戦場でだった。藤馬は、敵将大宰府の少弐原田種直に属する、若き騎馬武者だった。

退き始めた敵を追おうとしたとき、義時の前に立ちはだかったのが藤馬だった。松林の狭い道だった。藤馬は名乗を上げて、

「北条のお方とお見受けいたす。その首、所望」

と太刀を振り上げて義時に斬り掛かった。

「小癪なり」

と義時は受けたが、危うく太刀を飛ばされるところだった。

数合刃を交わして、到底、藤馬の敵ではない、と義時は悟った。が、退く気はない。そのとき、一本の矢が藤馬の右胸を貫いた。郎党が放った矢だった。藤馬は怒号を上げて落馬し、義時は、助かった、と思った。

ほどなくして、合戦は範頼軍の勝利に終った。松林には放置された敵兵の死骸が転がっていた。藤馬もいた。矢を胸に受けたまま、全身に傷を負っている。

「こいつは息があるぞ」

と郎党が槍で止めを刺そうとした。

「待て」

と義時はそれを止めた。

藤馬は指先すら動かせない瀕死（ひんし）の状態だった。瞬きしない目が虚ろな視線をどことも知れず投げ掛けていた。その目は助けを求めているわけでもなく、死の恐怖に怯えているわけでもない。その藤馬を助ける気になったのはなぜか、いまでも義時には分からない。

以来、藤馬は義時の側近くに仕え、豊後に帰ろうとしない。無口だが、譜代の郎党に劣らぬ忠誠を尽してくれる。そして、いつしか、郎党にも頼めない汚れた役目は、藤馬に命じるようになった。

藤馬から鶴岡八幡宮の会合の様子を聞いた直後、重忠が訪ねて来た。義時は小町邸表口の式台で重忠を迎えた。

「これから狩りに行く」

と義時は言った。

「そうか。獲物は？」

「兎だ」

「ならば、夜に出直そう。藤馬の料理なら、馳走になるぞ」

「それは構わぬが、難しい話はご免だぞ」

「それなら、ここで、一言、訊いておこう。なぜ、貴公も時政殿も来なかった」

「当然ではないか。事の起こりは阿波局が結城を憐れんだことだ。阿波局は北条の者ではないか。われらが一味に加われば、一切が北条の企みではないか、と疑う者も出て来よう」

「理屈だな。では、いま一つ訊く。それで、この話は終りだ。景時をどうする」

「決まっているではないか。お主らに任せる。それで異存はない」

「よし、分かった。旨そうな兎を仕留めて来いよ。おれは、自ら仕込んだ自慢の酒と銅拍子を持って来よう」

「では、夜に」

　重忠は機嫌よく帰って行った。

　義盛と義村は景時弾劾の訴状を広元に差し出した。六十六名が署名している。その数の多さに広元は驚いた。

「これは――」

「政所別当の広元殿からお上にご披露いただきたい。その上で如何なるご裁断をなさるか、必ずご返答願う」

と義盛が大声で言った。

広元を通さなければ、署名した御家人の誰一人、直接、頼家に会うことが叶わないのだ。それが悔しく、義盛の声は必要以上に大きくなったようだ。

しかし、広元は逡巡(しゅんじゅん)した。事は余りに大き過ぎる。景時は頼家が信頼する唯一の御家人である。なにか穏便(おんびん)に片をつける方策はないか。広元は朝廷に仲裁を依頼することさえ考えた。決断がつかぬまま、十日が過ぎる。

痺れを切らした義盛が怒鳴り込んで来た。

「われらが弾劾状が、いまだお上の手に渡っておらぬとは何事か。広元殿は景時一人を恐れて、われら御家人六十六名を蔑(ないがし)ろになさるつもりか。それなら、われらにも考えがある。返答、如何に」

「相分かった。私は私なりに、お上を煩(わずら)わせることなく始末がつけられぬか、考えて来たのだ。が、かくなった上は、訴状をお見せいたそう」

と広元は義盛に約束した。

弾劾状を見た頼家は、さすがに六十六名を無視する危険は冒せなかった。景時を呼び出して、厳しく詰問した。その場には政子と広元もいた。五人組の姿はない。

「この鎌倉には、お上の暗殺を企てている者が、確かにおりまする」

と景時は臆することなく明言した。

詰問の場は異様な緊張感に包まれた。

「ならば、その不埒者の名を申せ。如何なる証があるか、明らかにせよ」

と頼家は迫ったが、景時は口を固く噤んだままだった。

「なぜ、黙しておるか」

と頼家は怒声を上げる。

景時は頼家に視線を向けたまま微動もしなかった。

その日は埒が明かず、一旦、景時は御所を出た。ところが、その日の内に、一族郎党を引き連れて鎌倉を出奔し、所領の相模国一宮に引き籠もってしまった。

「おのれ、景時！　余の心も知らずに――」

頼家は裏切られた、と思った。激しい瞋恚が身内を貫く。

「景時には追放を申し渡す。鎌倉の邸など跡形もなく取り壊してしまうがよい」

そうは言ったが、頼家は景時が口にした、お上の暗殺、という言葉が忘れられない。口から出任せにそのような大事を告げるだろうか。景時は証を見つけようとしていたのではないか。頼家は密かに景時からの連絡を待った。

間もなく年が暮れ、正治二年（一二〇〇）の正月を迎える。相模に立て籠もった景時に如何なる処分を下すべきか、頼家は決断をつけかねていた。しかし、景時からはなにも言って来ない。

やがて、景時が一族郎党を率いて相模を出て、京へ向かっているらしい、という報告が物見から入った。京に、一体、なにがあるのか、誰にも分からない。頼家は、再度、裏切られた、と思った。

「相模に兵を出せ。館をことごとく焼き払い、追撃して一族郎党を皆殺しにせよ」

と頼家は狂ったように喚き散らした。

これで、景時は紛れもない謀叛人となった。相模の館は跡形もなく焼き払われ、追撃の兵が景時一統の後を追った。

一月二十日、景時一統は駿河国の清見関に差し掛かっていた。すると、突如、周辺に身を隠していた大勢の兵が立ち現れた。応戦する暇もなく、景時を始めとした一族郎党は一人残らず討ち果たされた。景時は六十歳前後だった、と言われている。

藤馬は景時が鎌倉を出奔して以来の一部始終を見届けていた。

「して、その兵は北条の者だったか」

と義時は訊く。

駿河国の守護は時政である。

「恐らくは。なかなかの手練揃いでござった」

「そうか。長々とご苦労だった。しばらく、ゆっくり休むがよい」

四月、時政は従五位下に叙せられ遠江守に任命された。これまで、源氏一族と御家人の間には、厳しい身分の差があった。鎌倉殿知行国の国司になれるのは、源氏の一族に限られていた。時政は御家人最初の国司になったのだった。

四章　修善寺へ

一

　梶原景時滅亡後、鎌倉には平穏な日々が流れた。しかし、明けて建仁(けんにん)元年（一二〇一）になると、越後に反乱が起きる。これは大事件にならずに鎮圧されたが、伊賀、伊勢などでは、いまだに平氏の残党が隙(すき)を窺(うかが)っている。そんな中、前年から今年に掛けて、創業の功臣たる三浦義澄、安達盛長が物故したのに続いて、千葉常胤ら長老格の有力御家人が相次いでこの世を去った。

　頼家の行状は相変わらずだった。五名の寵臣を引き連れて狩り、花見、紅葉(もみじ)見物にと出掛けて行き、女漁りに熱中する。御所ではもっぱら蹴鞠(けまり)である。

　蹴鞠は、中が空洞の鹿革の鞠を蹴り上げて、地面に落とさず次々と競技者に繋いで行く競技である。中国から伝来したもので、平安末期以後、朝廷で盛んになった。後白河法皇は自ら鞠を蹴ったし、名手も現れ、飛鳥流などの流派も生まれた。

頼家は武芸の達人である。蹴鞠にも卓越し、五人組など足下にも及ばない。後鳥羽上皇に依頼して、京から行景という蹴鞠の名手を呼び寄せてから、一層、熱心になった。

この年は地震が頻発し、台風も多く吹き荒れて、東国に大きな被害をもたらした。諸国は飢饉に苦しんだ。伊豆北条の地でも、米の貸出しを受けた百姓が返済に困って逃散する有様だった。それを知って、義時の嫡男泰時が急ぎ伊豆の北条館へ駆けつけた。十九歳である。館に着くと、泰時は庭に数十名の百姓を集めて、その目の前で貸出しの証文を引き裂いた。

「この分は、豊作になっても返す必要はないぞ」

と言う。

百姓の中から啜り泣きの声が上がった。泰時は、さらに北条の蔵を開放して兵糧米を百姓に分け与えた。時政や義時の指図を受ける前に、独断で動いたのだった。

そんなときにも、義時は藤馬を泰時につけてやる。藤馬は泰時が幼い頃からの武芸の師でもあった。泰時だけではない。いつしか、北条の家の子郎党は藤馬を武芸の師範と仰ぐようになった。藤馬は乗馬、弓、槍、太刀、それらのすべてに通じている。それだけの鍛錬を己に課して来た藤馬だった。

「殿はよき跡取りに恵まれましたのう」

と伊豆から戻った藤馬は義時に言った。

その泰時が頼家の遊楽を黙って見ておれなくなった。ある日、一人で頼家に会いに御所へ行った。もちろん、会えるわけがない。五人組の一人中野能成（よしなり）が泰時の前に立った。

「お上はただいま多用で、お会いなさることが叶いませぬ」

と中野が言う。

口許に侮蔑（ぶべつ）の笑いが刷（は）かれている。

「そうか。おれは貴様を叩きのめして、お上に会いに行くことも出来る」

「では、試されては――」

「それでは、貴様がお上のお叱りを受けることになろう」

「すごすごとお戻りになられますか」

「そうさなあ」

泰時は、少時、考えて、

「では、お上への伝言を頼もう。よいかな」

と言う。

「どうぞ」

「確と聞き取ってくれ」

「ご懸念には及びませぬ」

「蹴鞠は、古来、幽玄の芸である。それゆえ、賞翫なさることは結構。なれど、今年は災害続きで、諸国が飢えに苦しんでいる。そのようなときに、京から名手を呼ばれて、蹴鞠ごときにご執心とは、武家の統領たる鎌倉殿のなさることとは思われぬ」

泰時が口を閉ざすと、

「終りですか」

と中野が問う。

「いま申したことを、必ず、お上に達してもらいたい」

「そのため、泰時殿のお首が飛んでもよいのですね」

「なんという愚かなことを――。元来、その方ら側近の者がお諫めするべきことではないのか。このままでは、その方ら五名、怠慢を問われようぞ」

中野は頭を下げて、

「確かにお伝えいたしますゆえ、お引き取り下され」

と言った。

しかし、泰時の命懸けの諫言も、頼家の心を変える力にはならなかった。

建仁二年(一二〇二)七月二十二日、頼家は従二位に叙せられ、待望の征夷大将軍に補任された。頼家はもとより、鎌倉中が喜びに湧き上がる。御所では祝宴が連日催され、時政も義時、泰時も祝賀の辞を述べる。

「これで、お上は、一層、先代の道を歩もうとなさるだろう」

と時政は義時に言った。

先代の道とは強力な独裁政治である。

「いましばらく、見守りましょう」

と義時は言う。

「が、あの性分は変わらぬだろう」

「差し当たっては、合議制の顔触れを揃えねばなりますまい」

梶原景時、三浦義澄、安達盛長の欠員を埋めなければならない。

「そうよのう」

と時政の返答に熱意はない。

このところ、せっかくの合議制も有意義に機能しているとは言えなくなっていた。

十月、権勢を誇って来た源通親が急死する。これを待っていたかのように、後鳥羽上皇が羽ばたき始めた。通親は土御門天皇の外祖父として、後鳥羽上皇すら自由にさせなかった。ここに、後鳥羽上皇の真の院政が始まる。

その最初が人事異動だった。かつて、通親に追いやられた九条一門が息を吹き返す。しかし、兼実は、この年、出家して法性寺に入って浄土宗に帰依していた。代わって、慈円が呼ばれ、上皇の側近く仕え、やがて、法衣の摂政、と呼ばれるようになる。

この年、後鳥羽上皇は二十三歳である。祖父後白河法皇の血を受け継いだ上皇は、極めて個性の強い人格だった。知能に優れ、有職故実に通じ、自在に歌を詠み、『新古今和歌集』の編纂に意欲をもって取り組んでいる。遊楽にも貪欲で、蹴鞠、管弦、囲碁、双六に熱中する。この点では、頼家といえども太刀打ち出来ないほどの多種多様な遊びに通じている。さらに自身が武芸の達人で、相撲、水泳、競馬、流鏑馬、犬追物なども好む。

そのような上皇が、これから先、鎌倉の武士政権に対して、如何なる態度で臨んで来るのか。それは義時にも読めない。この四年、朝廷と幕府は公武融和という曖昧な均衡の上に乗っかって来た。この曖昧さがいつまでも続くはずがない、と義時は思う。また、幕府にとっては、それを続かせてはならないのだった。では、おれになにが出来るのか。義時の心中にはいまだ幻が生きている。が、その幻はさらに遠ざかり、小さくなったようだった。

二

「なにゆえ、このようなことになったのか、私にはとんと分かりませぬ」

と政子は義時に言った。

「――」

「お父上の差金でしょうか」

「いや、それはないでしょう。阿野全成殿はそうした役目にふさわしいお方とは思われませぬ」

その点には確信がある。

政子は御所内に大御台邸を建てて、奥御殿を頼家に明け渡していた。この新邸で千幡（実朝）と暮らしている。その政子の居室である。政子は義時に茶と唐菓子を振舞った。晩春の暖かい陽射しが室を暖めている。

全成は義経の兄で、母は同じ常磐御前、幼名を今若と言う。醍醐寺で僧として成長し、法橋となる。頼朝が挙兵すると、鎌倉に下り、駿河国の阿野荘を与えられた。妻は政子の妹阿波局である。その全成が、突如、頼家の手勢に捕らえられた。謀叛の疑いがある、という。頼家が直々に詰問したが、全成の弁明など聞こうともしなかった。

「なにゆえじゃ、なにゆえ、余に背く。その方は余の叔父ではないのか」

頼家は喚き散らし、

「許さぬ。断じて許さぬ」

と即刻、裁可を下した。

全成は常陸国へ流され、京にいた一子も捕らえられた。さらに、阿波局にも手が回る。阿波局は政子の許に逃げ込んだ。政子は御所に赴き、頼家に面と向かって言った。

「お上が、なぜ、全成殿を罪に問われたか、私には分かりかねます。しかし、たとえ全成殿に罪があったとしても、阿波局は知らぬことです。そんな阿波局に手を掛けるなど、私は黙って見ていることは出来ませぬ」

頼家は黙って政子の顔を見ていたが、

「余の方こそ、分かりませぬ。なぜ、なぜ、余のなすことに、いつもいつも、母上は反対なさるのですか。余を馬鹿者とお思いか」

「馬鹿者が天下の大将軍の座にいることなど、出来ましょうや」

「それほど余が憎く、千幡が可愛いのですか」

頼家は二十二歳、千幡は十二歳になる。

「なんということを――」

と政子は絶句する。

「それとも、母上が心に掛けておられるのは、北条のことですか」

その一言に政子はきっとなった。

「北条のこととは、どういうことです」

「これから武士を統べるのは北条である。源氏の愚かな血筋など要らぬ。北条には時政がいる、義時がいる、泰時がいる。そういうことではないのですか」

「それ、そのように呼び捨てになさる。そのようなことから、御家人の心がお上から離れて行くのです」

「話を逸らされましたな」

頼家は薄く笑い、

「全成も北条が操ったのですか」

と言う。

「もう、聞きたくありませぬ。二人切りゆえよいようなものの――」

「このような話なら、近侍の者どもといつでも話し合うておりますよ」

「もうおよしなさい。とにかく、阿波局はこの尼の命を持って守ります」

「お好きになさりませ。どうせ余は――」

その先を頼家は口にしなかった。それが政子には、後々、心残りとなった。

政子はそうした一切を義時に話して、

「私はなんだかあの子が可哀想で、もうどうしてよいか分かりませぬ」

と吐息を吐く。

「われらはお上を見誤っていたのかも知れませぬな」

と義時は言った。

頼家は皆が思っているほど愚なる者でもなく、繊細で物事がよく見えているのかも知れない、と義時は思う。義時の邸にやって来て、嬉々として遊び戯れていた頃の頼家が思い出される。長じると、義時と藤馬相手に武芸の話に熱中していた。鎌倉殿となってからは、鶴岡八幡宮や三島神社などへの使者を、幾度も他の者ではなく義時に命じたものだった。

幼児の頃から頼家は必死に義時に懐こうとしていたのかも知れない。しかし、義時は頼家に心を開いたことはない。

頼家には頼朝と政子に可愛がられた記憶がないのかも知れない。それをどれほど願っても、頼朝も政子も気づいてくれなかった。そして、頼家は将軍となったが、己の道を歩むことは許されない。それどころか、日毎、批判の目が強くなりつつある。その上、生来の病弱の身である。

頼家はそうした圧迫に喘いでいるのではないか。あるいは、なにか目に見えない恐ろしいものが、迫って来る気配を感じているのか。その最大のものは北条であろう。だから、頼家は全成を使って北条に警告しているのだろうか。

しかし、頼家の考えのすべては、比企一族から吹き込まれたものとは考えられないのか。いま、頼家がもっとも頼りにしているのは比企能員である。能員は頼朝の乳母比企尼の甥にして養子であり、妻が頼家の乳母を務めた。そして、娘の若狭局が頼家の妻である。その能員辺りから、様々な話が頼家の耳に入っている可能性は大きい。

が、いま、これ以上、政子を悩ませることはない。

「全成殿とお子は、もはや、救いようがありませぬが、阿波局のことはもう心配要らぬでしょう」

と義時は政子に言った。

政子は大きな溜息を吐いて、

「いつまでたっても、心配事が絶えませぬ」

と言う。

そんな政子を慰める言葉が見つからない。

「恐れ入りますが、お茶のお代わりをいただけませぬか」

と義時は言った。

一か月後、阿野全成は常陸(ひたち)で命を絶たれ、子も京で殺された。

頼家は病弱だと言われて来たが、その病の正体は誰にも分からない。治療に当たった薬師はいつも首を傾げるばかりだった。一、二年に一度くらいの頻度で、頼家は同じ病の床に着く。発熱し、意識が朦朧となり、譫言を言ったりする。食欲がないため、たちまち痩せ細って行く。如何なる薬も祈禱もこれを治せない。が、四、五日もすると、突然、症状が去って、頼家は床上げとなる。

そのような同じ病が頼家を襲ったのは七月二十日だった。伊豆、駿河の狩りから戻って来て直ぐのことである。ところが、今回は数日を経ても回復の兆しがない。一か月過ぎても、頼家は病牀でもがき苦しんだ。毎度のことだが、如何なる治療も祈禱も役立たない。誰もが頼家は臨終を迎える、と考えた。

八月二十七日、時政は合議制の主たる有力者を集めて対策を協議した。政子も同席して、頼家の跡目が決められた。

跡目は頼家の長子一幡が継ぎ、日本国総守護職と関東二十八か国の地頭職を譲り受け、弟の千幡に関西三十八か国の地頭職を譲ることが決まった。一幡は六歳、千幡は十二歳である。これは時政の案であった。この席には比企能員も出ていた。能員はこれに真っ向から反対した。

「一幡様に譲るべき家督の一部を弟君に分与することは、将軍の権威を二分し、やがて将軍家内部の争いのもととなりましょう」

時政も義時も黙して語らない。政所別当の大江広元が、これは一幡が幼いゆえの措置である、と能員を説得する。が、能員は納得しなかった。

義時には能員の野望は明白だった。幼い一幡を擁し、外祖父として幕府を牛耳ることである。そのような壟断を許しては、鎌倉幕府は朝廷にいいようにあしらわれる。そのことは合議の者一同が分かっていた。

能員は席を蹴立てて評議の場を去った。比企邸に戻ると、直ちに一族を集めて、

「これは北条の企みじゃ。千幡様を将軍に立てる下準備であろう。断じて見逃すことは出来ぬ」

と息巻いた。

そして、娘の若狭局を通じて、千幡及び北条が家督を奪わんとしている事実を、病牀の頼家の耳に入れた。ちょうどその頃、不思議なことに、頼家は病がなんとか峠を越して、体が回復し始めていた。驚いた頼家は、

「ここへ能員を呼べ。余が直々に話を聞こう」

と身を起こす。

頼家は寝所に五人組を呼び入れた。彼らは控えの間で頼家の回復を願っていたのだ。能員は寝所に入って、五人組の姿を見て躊躇した。

「構わぬ。近う」

「はっ」

能員は病牀に躙(にじ)り寄って、

「お見受けしたところ、お顔の色もよろしく、能員、安堵いたしました」

と深々と頭を下げる。

能員は合議の席でのことを詳しく話した。

「恐れながら、これは北条の陰謀でございまする。このままでは、お上と若君のお命にも関わることとなりましょう」

「その方、まこと、そのように思うておるのか」

「嘘偽りのない、それがしの思いでございまする」

「ならば、どうする」

能員は一息入れて、

「かくなった上は、先手を打って北条を討つしかございませぬ」

と言う。

「比企一族にそれが出来るか」

能員は年の割には皺(しわ)を刻んだ顔に不敵な笑いを見せる。

「お上のお許しさえいただければ、直ぐにも手筈を整えて」

頼家は、少時、どこか遠くを見るような目で寝所の中を眺めていた。その顔はなにかを悲しんでいるかのようだった。やがて、視線を能員に戻す。

「よし、やれ。決して仕損じるな」

「心得ました」

「大御台には手を出すなよ」

「はっ」

「では、去れ」

頼家は五人組に密かに戦支度を調えることを命じた。事が起きたときは御所を守り、場合によっては比企勢の援軍とならなければならない。五人組の血相が変わった。

それが九月二日の朝だった。

北条追討の命が発せられた事実が時政の耳に入ったのは、その一刻（二時間）後だった。五人組の中に中野能成がいる。中野は藤馬に脅されて、北条の密偵の役目を引き受けていた。それを知る者は義時と藤馬だけである。

時政は政所へ赴き、広元の同意を得た上で、比企一族討滅を決する。義時もこれに同意した。将軍頼家は、もはや、御家人に見放されていた。頼家の願う独裁政治は、東国武士の期待を踏み躙(にじ)るものだった。頼家は彼らの所領を削減し、寵臣に分け与えようと企む。土地争いでは、地図上に線を引いて事足れりとする。そのような鎌倉殿では、御家人にはなんの用もない。

比企一族がその将軍を擁して権勢を振るえば、幕府は滅亡への道を歩むことになる、と大半の御家人は感じていた。そういう情勢の中で時政は立ち、広元ら有力者の支持が得られたのだった。

時政は使いの者を能員にやって、

「今日、宿願の仏像供養を行うことになり申した。ぜひ、能員殿のご臨席を賜りたい。なにとぞ、名越までお越し下され。また、この機に、ご相談いたしたきこともございます」

と伝えさせた。

この使いの伝言を巡って、比企邸では一族が騒ぎ立てた。ある者は、これは罠だ、と叫び、ある者は将軍との密談が洩れたのではないか、と危惧する。能員は一笑に付した。

「今朝のことが、早々と洩れるわけがなかろう。恐らく、仏事は口実で、将軍の跡目相続についての言訳でも、考えついたのであろう。恐れることはない」

出掛けるのなら、家の子郎党を武装させて連れて行くべきではないか、という意見も出る。

「それでは、かえって疑われることになろう。よい機会ではないか。北条がどれほど安閑としておるか、この目で確かめて来よう」

と能員は落ち着いたものだった。

そして、郎党二名、従者五名だけを連れて時政の名越邸に向かった。

能員を待ち受けていたのは、天野遠景と仁田忠常だった。両名とも伊豆を根拠とする御家人である。名越邸に着いた能員はたちまち天野、仁田の郎党に取り囲まれた。

「謀ったか！」

と能員は叫んだが、郎党、従者ともども邸外へ引き出された。

天野、仁田の郎党は能員らを浜辺へ連行し、有無を言わせず誅戮した。途中、一人だけ隙を見て逃げ出した従者がいた。もう夕暮だった。それが幸いして、従者は比企邸に逃げ帰って、一部始終を報告する。

比企一族は、

「これまでか！」

と叫び、

「ならば、一族揃うて腹を切ろうぞ」

と喚く者もいる。

「その覚悟があるのなら、堂々と北条討伐の旗を挙げようぞ。われらは将軍から北条を討伐せよとの命を受けているではないか」

「しかし、いまの手勢ではどうにもなるまい」

「いや、数日、持ち堪(こた)えれば、必ずわれらに味方する者が立ち上がる」

侃々諤々(かんかんがくがく)の議論に収拾をつける者がいない。だが、猶予はならない。北条勢がいつ攻めて来るか分からないのだ。取り敢えず、一幡を擁して小御所に立て籠もることに決した。小御所は御所内にある一幡の邸である。併せて、四方へ使者を走らせて、比企と余党の軍勢を糾合することになった。

義時はこれを待っていた。御所内で兵を集めて武備を固めることは、立派な謀叛である。義時は政子から討伐の命を受けた上で、小御所を包囲した。義時の傍らには泰時がいる。指揮下に畠山重忠、和田義盛、三浦義村らが入った。

御所内は篝火(かがりび)と松明(たいまつ)で明々と照らし出され、義時勢は小御所の周囲を幾重にも取り囲む。義時は投降の使者を送ったが、使者は問答無用で斬殺された。

「掛かれ！」

義時の号令一下、四方八方から矢が射られ、兵が攻め込んだ。比企勢に仰撃の力はない。あっという間に勝敗がついた。比企一族は矢を射られ、薙刀(なぎなた)で刎ねられ、刃(やいば)に斬られて、一幡ともども自刃して果てた。

ここに比企一族は滅亡する。たった一日の攻防だった。

翌三日、北条勢は比企の余党を捕らえ、流刑あるいは死罪に処する。徹底して比企の残党を掃討(そうとう)したのだった。

三

頼家が一幡の死と比企一族の滅亡を知ったのは、五日のことだった。すでに、鎌倉殿、征夷大将軍の権威を失ってしまったことに気がついた。五人組の近侍の姿も近くにない。北条の手に落ちたようだ。しかし、祖父時政のやり口には憤(いきどお)りを抑えられない。

「おのれ、時政め！」

頼家は太刀を手に立ち上がって抜刀する。それでも気が治まらず、側近の堀親家(ちかいえ)

を呼んで、和田義盛と仁田忠常の許へ走らせた。両名に時政討伐の命令書を届けさせたのだ。

「決して北条に気取られるでないぞ」

と頼家は堀にきつく命じた。

堀は最初に仁田に会い、次いで義盛の許へ忍んで行った。義盛は命令書に目を走らせると、その場で堀を誅殺して、時政の許に駆けつけた。忠常にも同じ命令書が届けられたことを義盛は知っている。しかし、その日、忠常は姿を見せなかった。

六日の夕刻、時政の名越邸で比企討滅に功あった者を賞する宴が催された。当然、忠常も招かれて列席した。宴は夜になっても続いた。が、忠常は頼家の時政討伐の命についてはなにも言わない。

忠常は、一体、なにを思っているのか。今更、頼家の言うことを時政に告げる必要はない、と考えているのか。あるいは、時政討伐を心に秘めて、さあらぬ態を装っているのか。時政は忠常の武士気質から考えて、前者であろう、と推測した。が、用心は怠らない。

忠常の供をして来た舎人は、忠常がいつまでも主殿から出て来ないことを怪しんだ。頼家の命令書のことは舎人も知っている。もしや、主は討たれてしまったのではないか、という疑念が舎人を慌てさせた。舎人は忠常の馬を牽（ひ）いて急ぎ戻って行った。忠常の弟、五郎と六郎は話を聞いて血相を変えた。忠常は討たれてしまったに違いない、と早合点した。

「このまま黙って北条の好きにさせておくものか。皆殺しにしてくれるわ！」

と五郎が叫び、

「うおっ！」

と喚声が上がる。

それは追い詰められた者の発する悲鳴のようだった。

義時は早めに名越邸を出た。頼家の時政討伐の命についてはなにも知らない。時政はそのことを重く見ていないのか、義時には伝えなかった。義時は小町邸に戻る前に、ふと、政子の顔を見て帰ろう、と思いついた。このところの騒ぎで、政子も心身ともに疲れているはずだった。無駄話でもしてやりたい、と思った。

仁田兄弟が最初に狙ったのは義時だった。義時が名越邸を早めに出たことは舎人が知っている。彼らは手勢数十騎で、突如、若宮大路に現れると、喊声（かんせい）を上げて小町邸に襲い掛かった。不意を狙われて、邸内は混乱し、悲鳴と叫びを上げて女たちが逃げ惑う。そんな中、泰時と藤馬、郎党とその家人が応戦する。しかし、多勢に無勢、数十騎は強敵だった。

「義時は何処か。出て参れ！」

と五郎、六郎は邸内を駆け巡る。

藤馬は泰時を守って動き回れない。すでに数名が敵の刃を受けた。が、泰時だけはなんとしても守り抜かなければならない。これは危ない、と覚悟を決めたとき、

「義時は御所の大御台邸だ」

と敵の一人が叫び、

「ここは捨ておけ。行くぞ」

と馬上の五郎が薙刀を振り上げる。

敵が一斉に大御台邸に向かった。助かった、と藤馬は思った。

「われらも大御台邸へ行くぞ」

と泰時が言った。

御所近辺の御家人がこの戦いに気がつき始めた。彼らは御所を守るべく武器を手に駆けつけて来る。御所には警護の兵も多くいる。彼らも異変に気がついた。

だが、大御台邸には武器を手に出来る者は数少ない。義時は襲撃を知ると、政子と女たちを一室に集めた。泰時と藤馬らが敵の囲みを破って飛び込んで来た。

「直ぐに御所の兵が駆けつけまする」

と藤馬が言う。

「よし」

義時は自ら殿舎の外に出た。そこへ、火矢が飛んで来た。敵は大御台邸を焼き滅ぼすつもりのようだった。

「女たちを使うて火を消せ」

と泰時に命じて、義時は抜刀して前に出た。

「危のうございます」

と藤馬が言ったが、義時は意に介さない。

敵の狙いは義時と政子である。ならば、おれが受けてやる、と肚を決めた。

そこへ、一騎が斜めから義時に向かって来た。

「仁田五郎！　義時、覚悟！」

と叫ぶ。

藤馬が前に出ようとしたが、義時はそれを止めて、自ら騎馬の正面に身を置いた。馬が眼前に迫った刹那、義時は左に避けた。その義時に五郎の薙刀が頭上から襲い掛かる。それを太刀で横へ流し、馬と併走し、跳び上がって、

「やっ！」

と横薙に五郎の腰へ刃を叩きつけた。

「お見事！」

藤馬が叫ぶのと五郎が落馬するのが同時だった。義時、四十一歳である。藤馬が五郎に駆け寄って止めを刺した。間もなく、仁田一統は御所の兵や御家人に攻め立てられて、散り散りに敗走する。

一方、忠常は自邸に戻る途中だった。御所の辺りに火の手が上がったことに気がついたとき、逃げて来た郎党の一人と行き会った。五郎、六郎の早まった襲撃を知って、忠常は夜空を仰いで、

「これまでか」

と呟いた。

郎党の馬で御所を目指した忠常は、さしたる抵抗もせずに誅された。忠常が、将軍か時政か、どちらに忠誠を尽そうとしていたか、それを知る者は誰もいない。

九月七日、時政は政子、広元と諮って、頼家を鎌倉殿、将軍の地位から追って、千幡をこれに代えた。この日付で千幡に征夷大将軍の補任があり、後鳥羽上皇か

ら、実朝（さねとも）、の名を贈られる。

頼家は出家させられ、伊豆修善寺（しゅぜんじ）に護送され、山中の曹洞宗修禅寺の一堂に幽閉された。頼家の側近、五人組の近侍は所領を没収されて遠島または監禁された。その中で中野能成だけが後に罪を許される。

比企一族の所領はすべて没収され、信濃、北陸道の一部と九州大隅（おおすみ）国の守護職が時政の手に入った。これはその後の北条の勢力を支える基盤となった。

四

義時は、しばらく、不思議な感慨の中にいた。己が命拾いをしたことへの思いである。あの夜、名越邸の宴から真っ直ぐ小町邸に戻っていたなら、恐らく仁田兄弟の手に掛かっていた。それを救ったのは偶然だった。石橋山で討死せずに済んだのも、豊後から生きて帰還出来たのも、偶然のなせることだった。

頼家が伊豆に幽閉され、実朝が将軍となり、父時政が六十六歳にして幕政を取り仕切るまでになった。それも時政が巧みに運んだことではない。数多くの偶然が積み重なってこうした結果になったとしか、義時には思われない。頼家があした人格に生まれて来たことも偶然である。

人はそれを天意と呼ぶ。そして、そこに意味を見つけて安堵する。義時は天の声など聞いたことがない。義時も神仏には祈るが、神仏を信じているわけではない。祈りは人の心に平安をもたらす。それゆえ、合掌し、頭を垂れ、念仏を唱えるのである。

偶然に意味などないことを義時は知っている。人がなせるのは、己の意思で歩んで行くことだけである。義時の中には、いまだに小さい幻が生きている。その幻に向かって、義時は一歩一歩と歩を進めて行く。その幻がいつか現のものとなるか否か、義時は知らない。明日の命さえ、人は知らないのである。

その厳とした真実を噛み締めることに、不思議な感動があった。そして、数日、義時は体を動かすことすら億劫になっていた。

修善寺の頼家は、病が快方に向かいつつあった。それがかえって幽閉の身には辛い。親しい者は身辺には一人もいない。仕えているのは端女一人と、お堂を警護する数名の武士だけだった。彼らは決して頼家と口を利かない。頼りに思うのはただ一人、母の政子だけだった。

頼家は政子に書状を書いた。

〈ここは深い山中で、日々、無聊に苦しめられております。憐れと思し召して、これまでわれに仕えていた者を寄越して下さい。それから、いま一つ、安達景盛を寄越して下され。彼の者はわれが成敗しなければなりませぬ〉

この書状を手にした政子は涙を止められなかった。頼家は狂うたか、と思った。景盛は頼家がその妾を奪った相手ではないか。それとも、頼家はこの母を揶揄うているのか。しかし、いずれにしろ、頼家が一人幽閉されて、悲しみ苦しんでいることに変わりはない。

三浦義村が修善寺に派遣された。

「大御台様は仰せでございます。貴方様の願いの儀は、どれも叶えることはなりませぬ、と」

義村は無表情に頼家に言った。頼家は外を通り掛かった端女に、ちらっ、と視線をやって、

「そうか。母上はそう言われたか」

と呟く。

「さらに」と義村は続ける。「向後、書状を認めることもなりませぬ、との仰せで

ございまする」。

頼家は、フフフ、と小さく笑った。

「母上ならそう言われるだろうと察していたわ。そう母上に伝えよ」

「承知仕りました。では、お暇いたしまする」

義村は腰を上げ、

「それがしに出来ることが、なにかありましょうや」

と訊く。

「ならば、義時に一度顔を見せろ、と伝えよ。それくらいなら、その方にも出来よう」

と頼家は、にやり、と口許を歪めた。

「では、これにて、ご免」

と義村は頼家に背を見せた。

そのことを政子から聞いた義時は、直ぐさま修善寺へ向かう。供は藤馬一人である。

法体の頼家と向かい合ったとき、痩せたな、というのが義時の印象だった。顔色は悪くないが、体が一回り縮んでしまったようだ。

「おう、来たか。来るとは思わなんだぞ」

と頼家は笑顔を見せた。

「なぜでござるか。それがしをお呼びになったのでございましょう」

「それはそうだが、誰もわれには会いたがらぬ」

「それは辛辣な言葉をお掛けになるからでございます。余り母上を脅されてはなりませぬ」

頼家が書状に、景盛云々と書いたのは、政子を驚かすためではないか、と義時は思っている。素直に母に甘える術を頼家は知らないのだ。

「いいや、脅したのではない。真実、われは景盛を無礼討にしたいのじゃ」

義時は答えない。

「狂うておるのよ。そのようなわれは生かしておけぬか」

「なにを仰せですか」

ハハハ、と頼家は明るい笑声を上げた。

「さすがの義時も、少し慌てたか。が、北条はわれを亡き者にするだろう」

「そのようなことなど――」

「ある。われを生かしておいては、なにを仕出かすか知れたものではない。ここを抜け出して、北条討伐の兵を挙げることになる。われを旗印にしたい北条の敵には事欠くまい。その内、手勢がここを襲うて、われを奪い去って行こうぞ」

やはり、頼家はただの愚なる者ではなかったのだ、と義時は思う。大抵のことは見えているのではないか。

「われが義時なら、時を置くことなく始末するぞ」

「それほどお死になりたいのなら、お腹を召しませ」

「そうは行かぬぞ。そう簡単に始末がついては面白くない」

「——」

「心配になって来たか。が、案ずるな。われは北条の手で始末されることは決まっておる。それでよいのだ。そこで、その方に頼みがある」

一瞬、頼家の顔色が白くなり、表情が引き攣って来た。

「義時、そなたがわれと勝負をしろ。一度、そなたと手合わせしたかったのじゃ」

今度は義時が笑う番だった。

「それがしなど貴方様に敵うはずがありませぬ。そのような愚かな勝負は決していたしませぬ」

「駄目か」

「貴方様を仕留めるのなら、それがしではなく、藤馬を差し向けまするる」

「おお、藤馬允か。あれはよい。われは、前々から藤馬と渡り合うてみたかったのよ。藤馬で不足はないぞ。よし、藤馬を寄越せ」

義時は頭を振った。

「しかし、藤馬はそのようなお役目は決して受けませぬ」

「主のそなたが命じてもか」

「それがしが命じても――」

「ふん」

頼家の表情は白々しいものに戻っていた。

「つまらぬのう」

「それでは、これで、お暇仕ります る」

「そうか。これが今生の別れか」

義時はそれには答えなかった。

頼家が北条の刺客の手に掛かって果てたのは、翌元久元年（一二〇四）七月十八日である。二十二年の短い生涯だった。刺客は五名いたが、仕留めるのは容易ではなかった。

五章　憧れの都

一

建仁三年（一二〇三）九月七日、源実朝は鎌倉殿として征夷大将軍に補任された。十二歳の将軍である。

十月八日、元服の儀が時政の名越邸で執り行われる。政子、義時はもちろん、大江広元、和田義盛、小山朝政（ともまさ）、安達景盛以下百余名の御家人が参集した。下野の豪族小山朝政は結城朝光の兄に当たる。

元服の儀における加冠の役目は、平賀義信（ひらがよしのぶ）が務める。平賀義信は源氏一門の長老格である。理髪は外祖父たる時政の役だった。そして、義時と広元の長子親広（ちかひろ）が雑具持参の役目を果たし、陪膳（ばいぜん）に侍（じ）する。

この厳粛な元服の儀によって、いまや幕政を取り仕切るのは北条であり、これを支持するのが大江であることが明らかになった。また、それを天下に示すための儀式でもあったのだ。

翌九日、将軍家政所始の儀があって、ここに、実朝の政治が始まる。

しかし、将軍はまだ幼年だった。実際の政務に当たるのは時政である。政所始に当たって、時政は政所別当として広元と肩を並べた。時政と広元、この両名が幕政の枢要な地位についたのだった。

時政は自邸を将軍の私邸とし、将軍に代わって〈下知状〉なるものを発することになった。時政一人が署名することで、御家人の所領安堵などの重要案件を決することが出来る。ここに、北条の執権政治が始まった。

この目出度き時期に、義時は辛い決断を迫られた。妻の姫前は比企一族の出である。その比企一族を滅亡へ導いたのは北条だった。義時と姫前はいわば、敵同士、という間柄になったのだ。その事実を義時は無視したかった。時政も政子もそのことには触れぬ気遣いをしているようだった。

「こうなった上は、私は貴方様のお世話になっているわけには参りませぬ」

と姫前は躊躇うことなくはっきりと言った。

晩秋の夕暮時で、庭に面した義時の居室である。義時は答えない。姫前も、しばらく、黙っていた。

「北条はいまでも比企一族郎党の掃討に力を入れておりまする」

と姫前は続ける。

「誰一人、その方にまで手に掛けようなどとは思うておらぬ」

「しかし、私は比企の残党なのですよ。貴方様の敵なのです」

「――」

「北条を恨んで申しているのではありませぬ。北条の理屈も比企の理屈も、私には無縁のものです。私の喜びは、貴方様と仲睦まじくいつまでもご一緒し、朝時と重時の成長を嬉しく眺めていることでした」

姫前が朝時の弟重時を与えてくれたのは五年前だった。姫前は視線を義時から逸らせて、庭へ向ける。庭木の中に一際高い銀杏の樹がある。すべての葉が鬱金色に色づき、はらはら、と落葉している。姫前は舞い落ちる葉を愛でるように眺めながら、

「殿方は戦うことがお好きなのです。だから、常に敵を作って戦をなさる。でも、女子は日々の暮らしを大事にします。代わり映えのしない日々の移ろいが、女子に

は大切なのですよ」

と言った。

義時は黙って聞いている。なにも言ってやれないのだ。

「貴方様がお年を召されて、戦をお忘れになったときには、二人で伊豆に移り住んで、そのような日々を送りたいものだ、と願うておりました」

「それはよいことを聞かせてくれた。そうしようではないか。それまで、いま少し、待ってもらわねばならぬ。その時が来るまで、おれの側にいてくれ。いてもらいたいのだ」

姫前は首を左右に振って、

「それが叶わぬことは、貴方様にもお分かりのはずでございます」

と言う。

「いや、分からぬ。おれは頼朝公の前で、生涯その方を手放さぬ、と起請文を認めておる。それを破ることなど、出来ようはずがないわ」

姫前は視線を義時に戻して、

「ほんに、そのような楽しい時もございましたなあ。あれは何年前のことでしょう」

と微笑む。

その目は潤んでいた。

「十一年になるのかな」

「十一年ですか。あっという間でございました」

姫前は居住まいを正して、義時の前に両手をついて低頭する。

「これまでの十一年、まことにありがとうございました。朝時と重時のこと、よろしくお願いいたしまする」

こうなるしかないことは、むろん、義時にも分かっている。姫前は遠縁を頼って京に出る、と言う。ならば、暮らしの面倒はこちらで見る、と義時は言ったが、姫前はそれをきっぱりと拒否した。

「かくなった上は、北条とは縁を切らねばなりませぬ。どうぞ、私のことは捨て置いて下さりませ。朝時と重時とも、二度と会うことはいたしませぬ」

「悲しいことを言うてくれるな」

姫前は顔を上げて、濡れた目を真っ直ぐ義時に向けた。声もなく泣いていた。

義時は姫前の固い決意を時政と政子に伝えた。

「うむ」

と時政は頷き、

「可哀想にのう」

と政子は涙ぐんだ。

数日後、姫前は鎌倉を発った。泰時が京まで送って行くことになった。郎党が数名供につく。義時は衣装を含めたすべての持物を持たせてやった。朝時と重時は小町邸の門前で母を見送った。馬、駕籠、車の一行は、たちまち、幼い彼らの視線の先から消えた。義時は居室から一歩も動かなかった。

次なる問題は、実朝の花嫁を決めることだった。政子にとっては、実朝はまだ幼い子供でしかない。が、鎌倉殿、将軍ともなれば、御台所が必要である。

政子には心に決めた花嫁があった。御台所には足利義兼の娘を考えていた。義兼は源義家の曾孫に当たり、娘は政子の妹の子になる。時政にも義時にも異論はない。

政子がその話を実朝にしたのは、年が替わった元久元年（一二〇四）春のことだった。すると、実朝が頭を振った。

「かねてから、御台所は都から迎えたい、と思うておりました」

とにべもない返事である。

実朝は子供の頃から京に憧れ、文芸に好みがあった。武士の嗜(たしな)みである武芸を蔑ろにし、和歌や蹴鞠に熱中する。頼家も蹴鞠の達人だったことを思うと、政子の背筋を冷たいものが走った。

実朝は和歌に才があるようだったが、甘やかしたせいか、ひ弱な体に育ってしまった。痢病(りびょう)(腸炎)や風邪、頭痛と政子も乳母の阿波局も気の休まる時がない。

「お上は武士の統領ですよ。なんでもかんでも、都、都とばかりは言うてはおれますまい」

と政子は実朝を窘(たしな)めた。

心身ともに鍛えて、統領たるにふさわしい人物になってもらいたい。そのためには、蹴鞠より武芸を、和歌より相応の学問を修めて欲しい。政子は暗にそう言っているのだった。

「なぜ、都がいけないのですか。都には、治天(じてん)の君であられる後鳥羽上皇様がおられまする」

これまで、素直で大人しい子と思っていた実朝が、己をしっかりと前へ押し出して来る。

「どうか上皇様にお願いして、われにふさわしい御台所を鎌倉へ下向させて下さい」

そうしたやりとりを政子は時政に訴えた。ところが、時政は驚かない。

「お上がそう仰せなら、それもよいのではないか」

と言う。

政子は言葉に詰まった。そこで、義時に訴えた。

「それは、それは——」

と義時は微笑を洩らす。

実朝は少年から青年へ成長しようとしているのだ、と思われる。それは決して悪いことではない。将軍としての自覚を持ち始めた、ということでもある。

しかし、実朝の上皇への尊崇、憧憬は少し度が過ぎる。武士の築いた鎌倉幕府は、決して朝廷の容喙（ようかい）を許してはならないのだ。あの偉大な頼朝が失敗したのも、天皇の外祖父などという夢のような立場に幻惑されたからだった。そうしたことはいずれ実朝と話し合う必要がある、と義時は考えていた。

それにしても、時政の無造作な言葉には意外な思いがする。なにか深い子細があるのか、とふと思う。

「父上は軽いお気持でそう言われたのでしょう。その内、話してみましょう」

それが果たせない内に、時政は熱心にこの件を進めた。そして、一月ほどした頃だった、政子と義時は名越邸に呼ばれた。

「よい報せがあるのじゃ。お上が京の女人をお望みなら、前大納言（さきの）の娘御ならどうかと思うて、先方に問い合わせてみたのよ。すると、幸いなことに先方も乗り気になられてのう」

と時政は嬉しそうに話した。

「まあ、私になんのご相談もなく——」

と政子はそれも不満だった。

「ちょっと探りを入れてみただけではないか。が、これが大当たりでなあ。お上にお話したところ、お上もお気に入られたようじゃ」

前大納言とは坊門信清（ぼうもんのぶきよ）のことで、後鳥羽上皇の母方の叔父に当たる。信清の子は忠清（ただきよ）で、忠清は時政の後妻牧の方の、前夫との間の娘を妻にしている。つまり、この話は牧の方から出た可能性が高い。

「で、先方の条件はなんでござる」

と義時は訊いた。

後鳥羽上皇は、いまのところ、幕府にどうこうという態度を見せていない。

「そんなものはなにもない。坊門家はよいお話だと喜んでくれておる。お上も前大納言の娘なら、といたく気に入られたようだ。なにしろ、娘御は都でも評判の美人じゃそうだ」

「上皇様もお認めになられたのですね」

「もちろんだ。なんの問題もない。お上は直ちに話を進めよ、とわしをせっついておられる」

坊門家なら位負けするような家柄ではない。

「よいのではありませぬか」

と義時は政子に言った。

「しかし、御所に華やかな京風が入って来ては――」

政子は、牧の方が陰で時政を動かしていることが、気に入らないのだった。牧の方は牧宗親の娘で、時政が晩年に迎えた後妻であり、政子より若い。時政は牧の方を溺愛している。それだけでも、牧の方と政子、義時の間はうまく行かない。今回の件も、時政が牧の方の言いなりになっているのかと思うと、政子は体がかっと熱くなる。父上も老いられたか、と政子は思った。

「なあに、そんなものは最初の内だけのことよ。われら北条がついているのじゃ。なにを案ずることがあろう。では、この話、進めるが、よいな」

と時政は表情を改めた。

そして、十二月十日、坊門の姫君が煌びやかな行列を整えて鎌倉に輿入れして来た。実朝と同年の十三歳である。金銀錦繍に身を包み、輿の上に端座している美しい姫君に、沿道を埋めた鎌倉の人々は歓声を上げ、溜息を吐く。御家人たちも同様だった。洗練された京風を目にして、自らの野蛮な東国風を恥じる者さえあった。

子供の人形が睦み合っているような夫婦は、一時も離れようとしない。その夫婦に御台所のお付きの者が加わって、御所に京風の雅な一郭が現出した。まるで、鎌倉の冬にぱっと京の花が咲いたようである。

そんな中で、実朝はますます和歌に励み、蹴鞠に打ち込む。狩りより花鳥風月を楽しみ、しばしば、歌会が開かれる。歌は独学だが、天賦の才が花開いたようだった。

翌元久二年、十四歳、実朝は御台所やお付きの女房から、京の歌壇が如何に盛況であるかを聞いた。それに動かされて、四月十二日、初めて和歌十二首を詠じる。父頼朝の歌が『新古今和歌集』に撰されたことを知ったのも、この年である。

早速、藤原定家(ていか)の門弟内藤朝親(ともちか)に『新古今』の筆写を依頼して、それを手に入れた。ここから、実朝の本格的な歌の修行が始まった。義時邸で花見がてらの歌会が開かれたこともあった。

まあ、よいわ、と義時は新婚の将軍夫婦を言祝(ことほ)ぐ気持だった。

二

「そのような馬鹿なことがあるはずがありませぬ」

と義時は時政に食って掛かるように言った。

義時が花見の歌会を催した三か月後の六月、名越邸の書院である。義時と弟の時房(ときふさ)が呼ばれたその席には、稲毛重成(しげなり)と榛谷重朝(はりがやしげとも)の姿もあった。重成は妻を亡くして以来、法体の身である。

「残念だが、事実だ」

と時政は言った。

「間違いござらぬ」

と重成も深く頷く。

平賀朝雅（ともまさ）という武将がいる。源氏の一族平賀義信の子であり、頼朝の猶子（ゆうし）だった。一昨年、平賀朝雅は京都守護として上洛し、昨年、三日平氏（みっかへいし）の乱を見事に鎮圧して、伊勢、伊賀の守護職を与えられた。幕府における朝雅の声望は次第に高まりつつあった。

牧の方には数名の連れ子の娘がある。朝雅はその長女を妻としていた。もちろん、政子や義時とは血の繋がりはない。

その朝雅が京から、畠山重忠（しげただ）、重保（しげやす）父子に北条討伐の謀叛の企てあり、という驚くべき報せをもたらした。その報は朝雅から牧の方に内々に伝えられたものだった。それを牧の方が時政に告げ、急遽、時政は義時を呼び寄せたのだ、と言う。

「信じられませぬ。あの重忠が――」

義時には言葉がない。

「このような大事を、なにゆえ、朝雅はわれらに直接伝えて来なかったのです」

と時政に問う。

「われらと畠山の関わりを知っていれば、遠慮があろう」

「愚かなことを――。知っていればこそ、父上に直接伝えるべきではないのですか」

「そのようなことをいま申していても、どうなるものでもない。残念じゃが、重忠を討つしかあるまい」

「それも一日も早く、と考えまする」

と榛谷が言う。

「どのような証があるのです」

と義時は再び時政に訊いた。

「それは朝雅が握っていよう。あれは信じられる人物じゃ」

「いや、事は畠山重忠ですぞ。はっきりした証が目の前に突きつけられるまで、それがしは動きませぬ」

「それがしも兄上と同じ考えでござる」

と時房が言う。

時房は、この年、義時の十二歳下の三十一歳になる。義時には頼もしい弟だった。

「それでは、畠山の思う壺にはまりましょう。どこからどういう手を打って来るか、分からぬのですから」

これは重成である。

「とにかく、それがしが牧の方に直接話を聞きましょう」

と義時は腰を上げ掛ける。

「あれはその方には会うまい。怖がっておるゆえな」

と時政は口許を綻(ほころ)ばせる。

「では、重忠の許へ詰問の使者を出します」

重忠父子は、いま、本拠地の武蔵国男衾(おぶすま)に戻っている。

「謀叛を企てている者に、一体、なにを質(ただ)すのじゃ」

その前に、藤馬に探らせることを義時は考えていた。親しい唯一の友を疑って密かに調べる。そんな卑劣なことはしたくなかったが、重忠を信じる一心からだった。京にも郎党をやって調べさせたい。

「よろしいか、決して事を急(せ)いてはなりませぬぞ。それがしに少し時を下され。必ず重忠の潔白を明らかにしてご覧に入れまする」

言い残して、義時は急ぎ名越邸を後にした。それが六月十九日だった。

しかし、時政は事を急いだ。重成、榛谷と謀って、鎌倉に兵乱の兆しあり、と重忠を誘(おび)き寄せた。重忠父子はこれを信じた。彼らには疑う理由がなかったのだ。

鎌倉の畠山邸は小町邸の近くにある。最初に重保が十数騎の手勢を連れて鎌倉に戻って来た。二十二日の夜明け前で、重保は待ち構えていた重成と榛谷の軍勢に易々と討たれてしまった。義時が気づいたときには、すでに事は終っていた。そして、後から駆けつけてくるはずの重忠の本隊を討つべく、迎撃軍が武蔵国二俣川に向かおうとしていた。時政の一声で参集したのは、侍所別当の和田義盛を始め、三浦義村、小山朝政ら錚々たる顔触れの大軍だった。

　義時は言葉を失った。京に郎党をやったが、調べがつくのはずっと先のことである。藤馬からはなんの報せもない。とはいえ、時政が集めた軍勢なら、義時が指揮するしかない。

「僭越ながら、それがしが指揮を執らせていただく。決して先陣争いなどないように願いたい」

　こうして、義時が大軍を率い、時房と泰時が補佐することになった。甲冑に身を固めた千騎に及ぶ軍勢が二俣川に向かう。重忠がどれほどの味方を擁しているか分からぬ以上、それなりの対応が必要である、というのが時政の考えだった。

　義時軍が二俣川に到着したのは、午の刻（正午）である。半数が渡河したところへ、重忠勢が砂塵を蹴立ててやって来た。百五十騎の手勢しか連れていない。一族は男衾に残して、己だけが菅谷館から駆けつけて来たようだった。

「これは、なんとしたことか」

河原の大軍に気づいて、重忠は手勢を止めて大声で問うた。義時軍との間には十分の間隔を取っている。

「重忠、早まるでないぞ。まず、おれがその方の話を聞かねばならぬ」

と義時は前に出て叫んだ。

「おお、義時か。鎌倉の兵乱は静まったか」

そのとき、和田義盛が進み出て来て義時と馬首を並べ、

「畠山重忠、長年の恩顧も忘れ、背いたはなにゆえか」

と蛮声を上げた。

「なんと！」

と重忠が叫び返す。

「待て！　まずおれの話を聞け！」

と義時は言ったが、もはや、重忠の耳には入らない。

「義時、北条がこのおれを塡めたか」

「違う。いま、おれがそちらへ行く。決して早まったことはするな」

「動くな、義時。北条はこのおれが邪魔になったと見えるな。それにしても――」

後の言葉が続かない。

陽射しの厳しい暑い日だった。百五十騎の重忠の手勢は、叢や灌木、瓦礫の上を蠢いているかに見える。河原には義時軍の将兵が横長に布陣していた。残り半数の軍勢が渡河を始めた。

「重忠、このまま黙って男衾に戻れ。おれが話しに行く。話せば、分かることだ」

と義時は逸り立つ馬を宥めながら叫んだ。

「一つ、訊く。重保は如何なった」

義時には答えられない。義盛が、再び、喚いた。

「謀叛人は始末されるのじゃ。うぬも潔う討たれてしまえ」

両軍の間隔は五十間（約九十メートル）ほどか。そこに沈黙が落ちた。どこか遠くで蟋蟀が鳴いた。

「うおっ！」

突如、重忠が怒号を上げ、手にした薙刀を高々と差し上げた。これまでだった。指揮者として味方の軍勢が蹂躙されるのを座視することは許されない。

「掛かれ！」

と義時は悲痛な叫びを上げた。

それを待っていた軍兵がどよめくように前進を開始する。そのど真ん中を目指して、重忠勢が突っ込んで来る。重忠の強力（ごうりき）は天下に知られ、畠山勢の勇猛果敢さは誰もが恐れていた。義時は動かない。

　重忠の百五十騎は、たちまち、義時軍に取り囲まれる。それでも、大きな包囲網の中で、重忠勢は存分の働きをした。数合の攻防があって、その都度、双方に多大の死傷者が出た。

　と、囲みを斬り開いて、一騎の騎馬が飛び出して来た。重忠だった。兜は飛び、鎧は簓（ささら）のようになっている。重忠はまっしぐらに義時に向かって来た。かっ、と目を剝き、その目は怒りに血走り、大きな口をいっぱいに開いてなにか言った。必死の形相（ぎょうそう）が迫って来る。が、義時は動かない。

　そのとき、一本の矢が重忠の胸に突き刺さる。瞬間、重忠は体を反らせ、馬がたたらを踏む。さらにもう一本の矢が重忠を襲った。義時は重忠の胸に突き立った二本の矢が震えているのを確かに見た。

「うっ、うっ、うっ！」

　と重忠は呻きを上げると、馬上から真っ逆さまに落ちた。

　たちまち、兵が群がり寄って重忠に刃（やいば）を浴びせた。ほどなくして、重忠の手勢百五十騎はことごとく討ち果たされた。重忠を矢で仕留めたのは愛甲三郎季隆だった。義時軍には畠山勢に倍する死傷者が出た。

義時は己が過ちを犯したことを知っていた。己が信じている友を、むざむざと目の前で討たせてしまったのだ。信じているのなら、なぜ、身をもって救ってやれなかったのか。止むなく、こういう不幸な結果になってしまったのだ。が、それは己には言訳としか聞こえない。

「おれはそういう人間なのだ」

と義時は己に言った。

それは義時自身には辛い言葉だった。

時政は上首尾に終ったことを喜んだが、男衾には重忠の一族、郎党が多く生き残っている。時政は彼らの討滅を考えているようだが、義時は彼らを救わなければならない。

藤馬の探索によると、重忠の無実は明らかだ、という。そこへ、京の郎党から信じ難い報せが入った。

昨年、重保は大番役として上洛していた。十一月、朝雅の邸で酒宴があって、重保はこれに列席した。その席で、宴の主である朝雅と重保の間に口論があった。

かねてから、朝雅は京都守護という立場を利用して、院に急接近していた。ともすれば、御家人を蔑ろにして己の栄達を図り、権勢を高めようする。重保はこれに憤りを覚えていた。典型的な東国武士たる重忠の嫡男重保にとって、大事なのは武士の幕府である。

口論の内容は不明だが、重保が日頃の腹立ちをぶつけたらしい。どう決着がついたかも分からないが、朝雅はその時の諍いを種に讒したもの、と考えられる。

この讒訴を積極的に支持し、重忠追討を主張し、推し進めたのが重成と榛谷だった。義時は直ちにこの両名の責任を追及した。その結果、重成は大河戸三郎に、榛谷は義村の手によって誅された。

しかし、朝雅の罪を問うのは難しい。分からないのは時政だった。時政がこの冤罪事件にどの程度関わっていたのか。時政ともあろう者が、なぜ、朝雅の誣告を見抜けなかったのか。

義時の中に時政への不信感が生まれた。

三

閏七月十九日だった。政子は阿波局の言葉に呆然とする。大御台御所の政子の居室である。暑い夏の盛りもようやく峠を越した、と感じられるこの頃だった。

「まさか、そのような――」

と政子は呟く。

「ぐずぐずしてはおられませぬぞ、姉上。手遅れになっては、取り返しがつきませぬ」

「でも、父上が孫でもあるお上を――」

「父上ではありませぬ。すべてあの女狐の企みでしょう」

阿波局は目尻を引き攣らせて、牧の方を女狐と言った。その女狐が女婿の朝雅と謀って、実朝を暗殺し、代わって朝雅が自ら将軍の座に着こうとしている。定かなことは不明だが、囁かれる言葉や周りの不審な動きを見ると、そういうことが朧げに見えて来る、と阿波局は言った。

政子も牧の方にはよい感情は持っていない。しかし、朝雅を実朝に取って代わらせようとは、俄には信じられない暴挙である。まして、時政がその企てに荷担しているなどとは、考えたくもない。

「姉上！」

と阿波局が叱咤するように声を高めた。

「分かりました。ともかく、義時を呼びましょう」

と仕方なく政子は言った。

幸い、義時は小町邸にいた。政子の使いが来ると、直ぐさま大御所御所に駆けつけた。

阿波局と政子の話を聞き終えると、

「分かりました」

と義時の決断は早かった。

驚きも騒ぎもしない。決してないことではない、と思う。重忠冤罪事件があったのは、僅か二か月前のことである。あれを思えば、朝雅がどのような謀をしてもおかしくはない。では、どうするか。義時は沈思し、やがて、顔を上げて、

「なによりもまず、お上ご夫妻を父上と牧の方から引き離さねばなりませぬ」

と政子に言った。

それから妹の阿波局に視線を移し、

「それはその方の役目だ。直ちに名越邸に戻って、お上の側を離れるな」

と命ずる。

「心得ました」

「それで――」

と政子が先を促す。

「姉上は密かに義村殿の許へ赴き、包み隠さずこのことをお話し下さい。必ず、味方になってくれます」

政子は大きく頷く。

「それがしは広元殿と話します。幕府の宿老を説いて、将軍の将兵を結集させます。北条の軍兵はそれがしが掌握いたします。決して父上の手に渡しませぬ。その上で、お上をわが邸にお移りいただく」

「急いで下さい」

と阿波局が縋りつくように言う。

「分かっておる。が、心配いたすな。明日の朝には片がつく。それまではなにも起こりはせぬ」

「それならよいのですが――」

「その方は決して気どられるような素振りを見せてはならぬぞ。お上にもなにも話すな」

義時のてきぱきした指示に、政子は改めて義時の決断力と実行力を頼もしく思った。

「それにしても、なにゆえ、父上は――」

と政子の口から出るのはやはり愚痴である。

「姉上、大事をなすには時を逸してはなりませぬ。事の詮議はこの後幾らも出来ましょう」

「――」

「父上は北条のために よう働いて下された。もう十分ではありませぬか。お年を考えれば、余生を伊豆辺りで静かに過ごしていただくのも、悪くはありませぬ。北条がことはそれがしにお任せ下されよ」

政子は黙って義時の顔を見つめる。突然、義時という実弟が大きな存在として、政子の目に映じて来たのだ。

「そうですね。すべては、義時、そなたに任せましょう。早速、私と局はなすべきをなすことにします」

義時は深々と政子に頭を下げて、足早に室を出た。

翌二十日の朝、俄(にわか)に御所周辺に夥(おびただ)しい軍兵が集結した。北条始め結城朝光(ともみつ)、長沼宗政(むねまさ)らの軍勢である。同じ頃、時政の名越邸が北条の兵によって周辺を包囲された。指揮をするのは泰時である。いつでも邸内に踏み込める態勢を整えている。

「これは、なんとしたことか」

時政は殿舎の外廊に棒立ちとなった。秋の訪れを告げるような気持よく晴れた朝だった。と、突如、邸内に兵が乱入し、それを指揮する将の命令が高々と聞こえる。時政にはなす術(すべ)がない。武装した義時が時政の前に現れて、

「これより、大御台様と広元殿が将軍ご夫妻にご動座をお願いいたしまする」

と言った。

顔が笑っているように見える。

「一体、何事か」

「わが邸にお移りいただくのです」

時政は黙って義時の顔を眺めている。

「こちらへどうぞ。お怪我があってはなりませぬ」

と義時は時政を書院へ導いた。

名越邸は完璧に泰時の指揮する兵に制圧されてしまった。邸内の郎党も無力化さ

れたようだった。

書院に入ると、時政は大きな体を投げ出すように胡座（あぐら）を組んだ。義時が向かい合う。

「そういうことか」

と時政は言った。

「そういうことでございます」

「それにしても、このなし様は無礼であろう。われはそなたの実の父で、幕府の執権であるぞ」

「そのようなことを言われても、致し方はありますまい」

「そうか。では、さすがは義時じゃ、と褒めてやらねばならぬのか」

「いいえ。父上も牧の方も、露骨に事を急ぎ過ぎたのです」

「――」

「それとも、はや、耄碌（もうろく）されましたのか」

「もはや、わしに付いて来る者はおらぬ、と思うておるのか」

「まだ、そのようなことを――」

時政は上を向いて、大きく息を吐いた。

「ならば、その方がわしの首を刎ねよ」

と太い猪首を掌で叩く。

「それは叶いませぬ」

「なぜじゃ」

「父上は鎌倉創業の第一の功労者です。それに異論を挟む者はおりませぬ。なにがあろうと、そのお方を粗略には扱えませぬ」

「――」

「髪を下ろされ、伊豆にお戻りになって、お静かにお過ごし下され」

「牧の方にはもう会えぬか」

「それは叶いませぬ」

「斬るか」

「いいえ、どこか遠くへ行ってもらいましょう」

「朝雅は？」

「死んでもらいます」

と義時ははっきりと言った。

「そうか。その方の頭の中では、すべてがきちんと決められておるというわけか」

「どうでしょうか」

「人は往々にして過ちを犯す。自惚(うぬぼ)れもするし、図に乗ることもある。わしはそのすべてをやってしまったようだな」

「左様ですか」

「これからは、その方がわしに代わって幕府を支えて行かねばならぬ。わしの轍(てつ)を踏まぬように、よくよく心しなければなるまいぞ」

　義時は笑った。

「お心遣い、有難くお聞きいたします」

　時政は、しばらく、口を噤(つぐ)んでいたが、

「わしは強固な武士の幕府を作りたかった。だが、実朝ではなんとも心許ない。あれの心はずっと京都を向いたままじゃ。あれでは、いずれ、したたかな上皇様に呑み込まれてしまうだろう。わしはそれを避けたかったのだ」

「しかし、そのための統領が朝雅では、どうにもなりますまい。あれは腹黒い小人(しょうじん)です。私利私欲に走り、追従と讒言で成り上がろうとする人物に過ぎませぬ」

　それだけではない。朝雅が頼りにしているのは上皇である。上皇に擦り寄り、その後押しによって将軍の地位に着こうと企んでいた。その見返りに、幕府が朝廷の

仕組の中に入ることも辞さないのが朝雅である。

これまでの朝雅の成しようを考え、畠山事件以来、義時が得た情報から判断すれば、そういうことになる。早晩、なんとかしなければならない人物だったのだ。が、今更、それを時政に言い立ててもなんの益もない。

「父上ともあろうお方が、なにゆえ、あのような――」

「もうよい」

「北条はこの義時が確と預かりまする」

そして、時政が言う強固な武士の幕府を作り上げてみせる、と義時は心に誓った。そのためには、北条の力を一層強いものにしなければならないのは道理である。

「相分かった。伊豆にて、これまでの種々をゆるりと思い起こして、楽しむこととしたそう」

「それがよろしゅうございます」

「その方のなすことも、眺めさせてもらうことにするぞ」

義時は微笑でそれに答えた。

その日の内に、時政は出家して、伊豆へ送られ、以後十年間、配所の月を眺めて暮らすことになる。享年、七十八歳だった。

六章　歌の将軍

一

元久二年（一二〇五）閏（うるう）七月二十日、時政が伊豆へ送られたその日だった。義時は執権を受け継ぎ、大江広元（おおえのひろもと）と並んで政所別当の地位についた。四十三歳である。その日の内に、義時は広元ら幕府首脳部と創業の功臣たる有力御家人たちと協議して、平賀朝雅（ともまさ）追討のことを決める。使者が京へ向かい、二十六日、在京御家人によって朝雅は討伐された。後鳥羽上皇はこれを座視する以外、なにも出来なかった。

義時は父の轍を踏まないため、すべてにおいて慎重に事を進めた。政子と実朝を前面に立て、幕府首脳部と功臣御家人との連携を深める。時政一人の署名で発給されて来た〈下知状〉も、一時、停止する。こうしたことは概ね御家人の支持を得た。

その一方で、北条の勢威を高めるため、弟の時房を東国の有力御家人の根拠地たる武蔵国の武蔵守とする。義時自身は、すでに昨年三月、鎌倉のお膝元である相模国の相模守に任官し、合わせて従五位下に叙されていた。

義時の目に、再び、〈武士による天下の政（まつりごと）〉という幻が甦って来た。そのためには、武家政権の力を強め、次第に朝廷を圧倒して行かねばならない。北条が力を蓄えなければならないのは、当然のことである。そして、いつの日か、朝廷を否定し、武士の手による天下の政治を行う。その幻に向かって一歩を踏み出す日が、ついにやって来たのだ、と義時は思いたかった。

実朝は、日々、成長していたが、京風に染まった日常に変わりはなかった。夫妻は小町邸から御所に移り住み、御所の中は華やかに飾られた。歌会や蹴鞠の会がしばしば催され、その後は宴となる。御所の中ばかりではない。御所の外でも、京の文化や習慣が広がり始めた。

ある日、義時は笑いながら、

「お上がそれがしに歌を詠め、と仰せになるのには、困ったものです」

と政子に訴えた。

「ほんに、私も同じ目に遭うております」

と政子も微笑む。

しかし、実朝が政治の上で余計なことをしてくれなければ、京風などなにほどのことでもない、と義時も政子も思っている。頼家に苦しめられたから、今更、歌や蹴鞠に驚くものではない。実朝は頼家と違って、心根が優しいし、将軍としての器量も備えているように見える。それがなによりも政子には嬉しいのだった。

承元元年（一二〇七）、十六歳の実朝が、鶴岡八幡宮の放生会に参宮しようとしたときだった。供の者に急に不都合があって、出立が三刻（六時間）も遅れた。そのため、神事の運びにも故障が起きた。

「今後、このような不都合は二度とないようにいたせ」

と実朝は責任者にきつく申しつけた。

後にそのときのことを調べてみると、原因は側近の吾妻助光にあることが分かった。助光はこの晴れの日のために鎧を新調しておいた。ところが、当日になって、その新しい鎧が鼠に嚙られていることに気がついた。そこで、鎧の手当に手間取ってしまった、という。

「それは奇っ怪なことを聞くものだ」

と実朝は顰（しか）めた。

「助光はそれほどの家柄ではないが、代々の勇士ゆえに供を申しつけた者だ。その助光が儀式のために鎧を新調するとは何事か」

本来、助光は将軍警護の武士である。その武士が神事のために身形（みなり）を飾る必要がどこにある。代々伝わる鎧で十分ではないか。心得違いも甚（はなは）だしい。今後、警護の武士はそのようなことのないように心懸けよ、と実朝は強い言葉で助光を叱った。助光は出仕停止の処分を受けた。

その年の暮、実朝が御所で義時や広元らと雪見の宴を開いているとき、庭に青鷺（あおさぎ）が飛んで来た。実朝はこれを怪しく思ってこの青鷺を射ることを命じた。が、御所の中にその命に応じられる弓の名手はいない。

「助光を呼べ」

と実朝は言った。

使いを受けて、謹慎中の助光が急ぎ御所に参上する。命じられるままに、樹上の青鷺を狙って矢を射った。

「あっ」

と実朝の口から小さい声が洩れた。

矢は青鷺に当たらなかったが、青鷺は樹上から庭に落ちた。助光はその青鷺を実朝に献上した。見ると、青鷺は矢の羽で目を払われ、視界を失って落ちたのだった。助光は青鷺を生け捕りにして実朝に見せたのだ。実朝はその機転と弓の腕前を賞して助光に褒美の剣を与えた。以後、側近くに仕えることを許した。

そのような優しさと威厳をともに併せ持つ実朝を目にすれば、政子は心温まる思いがする。義時も同じだった。

そんな気持で御所を退出し、小町邸の居室に戻ったとき、ふと、姫前（ひめのまえ）のことが想い出された。夜である。居室は高燈台（こうとうだい）の乏しい明りの中で、冷え切っていた。室内は身震いするほど寒い。姫前がいた頃には、義時がいつ戻っても、室内は暖められていたものだった。姫前はそういう細かい気遣いの出来る妻だった。が、その姫前はもうこの世にはいない。

この三月二十九日、姫前は京で息を引き取った。鎌倉を去って、僅か三年と五か月しか生きていなかったのだ。その月日、姫前が幸せに暮らしていたとは、到底、義時には思えなかった。

姫前は京で源具親（ともちか）と再婚し、慌ただしく二人の子をなし、死に急ぐように逝ってしまった。源具親は公家で名ある歌人でもあるが、義時にはそう思われる。

想い出されるのは、姫前との楽しい嬉しい日々のあれこれではない。常に、鎌倉を去って行ったときの、窶れ萎れた姿と涙にくれた顔だった。それがまた、一層、哀れを誘うのだった。

「姫前――」

と義時は声に出して呟いた。

侍女がやっと火桶を運んで来た。

朝時と重時が、京の二人の弟と交わりを始めるのは、義時の死後のことだった。

実朝は相変わらず病に苦しめられていた。十七歳のときには疱瘡を患い、近国の御家人が鎌倉に集まって来るほどの重態に陥った。

そんな中で、義時は過った。

承元三年（一二〇九）十一月、義時は北条の郎党の中から、功ある者を御家人に準ずる身分にすることを実朝に願い出た。もし、これが認められれば、義時は一般の御家人とは違う一段上の身分となる。それくらいのことはあってもよいのではないか、と義時に驕る思いがあった。実朝十八歳、義時四十七歳である。

ところが、数日後、実朝は義時を呼び出して、

「それは叶わぬぞ、義時。それを許せば、鎌倉幕府の根幹をなす御家人制度に混乱を来すことになろう」

と言った。

義時は、ぎょっ、とした。正論である。反論の余地はない。実朝は政子や広元の意見を徴（ちょう）したのかも知れない。それにしても、義時は将軍に、ぴしゃり、と面（つら）を張られた思いだった。

同じ月、義時は諸国守護職の職務怠慢を理由に、守護職の定期交替制を具申した。そのときも、実朝は、

「それは難しかろう。誰一人、納得する者はいないだろう」

と笑った。

果たして、この案が洩れると、千葉成胤（なりたね）（常胤の子）、三浦義村、小山朝政（おやまともまさ）ら有力者が真っ向から反対を唱えた。交替制となれば、守護は単なる幕府の地方役人と化する。が、現実の守護職は世襲化して、豪族とそれぞれの国が強く結びついている。義時の狙いはその弱体化にあった。それが成功すれば、必然的に北条の力が強くなり、幕府が彼らを容易に掌握出来る。

「義時、無理はならんぞ」

と実朝は義時を窘めた。

結局、

〈頼朝公以後拝領した所領は、大罪を犯した場合を除き、一切没収せず〉

という原則を明らかにすることによって、有力御家人を宥めることが出来た。

実朝は明らかに将軍としての自覚を持ち始めたようだった。

こういうこともあった。

建暦二年（一二一二）二月二十八日、相模川に架かる橋が数間朽ちた。この橋は稲毛重成が亡妻の供養のために架けた橋だった。その供養の式に臨席した頼朝が、帰路、落馬して命を落とした因縁の橋でもある。

義村がこの橋の修理を具申した。義時は広元らと協議して、その必要はない、と結論を出した。この橋は畠山事件で誅された稲毛の架けた橋であり、不吉な橋でもあることがその理由だった。これに対して、

「頼朝公のご逝去はこの橋とはなんの関わりもない。稲毛は罪を犯して罰せられた者だ。この橋が不吉である理由にはならぬ。この橋は伊豆山、箱根に参詣するには必要なものである。なによりも民が往来するにはなくてはならぬ橋ではないか。議

論などなんの要があろうか。速やかに修復いたせ」

と実朝は義時と広元を叱りつけた。

このときも、義時は肝の冷える思いだった。義時は傲慢（ごうまん）という過ちを犯してしまったのだ。郎党の身分を上げようとしたときも、守護職の定期交替制を考えたときも同じだった。時政の忠告は役に立たなかったようだ。

義時は己を恥じた。

その一方で、改めて実朝を別の目で見ることが出来るようになった。実朝が武士の統領にふさわしい将軍に成長してくれるのなら、有難いことである。それは、将軍実朝を頭（かしら）に戴いて、真正面から朝廷と向かい合える可能性が出て来たことを意味するのだった。

二

その報せを得たとき、これだ、と義時は思った。

「おやりになりますか」

と藤馬が訊く。

「やる」

「悔いはありませぬな」

「ない」

そう言い切ったが、心中には忸怩たるものがある。しかし、義時は将軍の前で不様な過ちを犯してしまった。北条を率いる身として、二度と過つことは許されない。これからは強い心で事に当たって行かねばならないのだ。この機は断じて見逃さぬ、と義時は心に決した。


建暦三年二月、信濃国の住人、泉親衡なる武士が、前将軍頼家の遺児千手を擁して、義時討伐を謀った。これが事前に洩れて、安念法師という者が捕らえられた。この法師を糾明して、義時は一味を一網打尽にした。その数、三百三十名、主に信濃と下総の者だった。その中に、和田義盛の子義直と義重、そして甥の胤長ら和田一族一門の者が多数いた。その事実を知って、義時は義盛に狙いを定めたのだった。

いまや、幕府創業の功臣はほとんどが逝去していた。僅かに和田義盛、三浦義村、小山朝政など数えるほどしか残っていない。義村と朝政は二代目で、義盛だけが侍所別当として、功臣の長老格たる威を張っていた。その勢力は決して侮れるものではない。

当時、義盛は上総国伊北庄に戻っていた。当年、六十七歳になる。幾つになっても、義盛は東国の野育ちの心を失うことがない。愚直で直情径行、短気で気性も荒い。そんな義盛を、武士らしい武士として慕う者も多い。

子と甥が謀叛の疑いで捕らえられたと知ると、義盛は一族一門九十八名を率いて、鎌倉に戻って来た。三月八日のことである。義盛は将軍に目通りを願い、平伏して、

「まことに不行届（ふゆきとどき）のことで、汗顔の至りでござりまする。きつく叱り、しかるべき罰を与えますゆえ、なにとぞ、われのこれまでの働きに免じて、ご放免下さりたくお願いいたしまする」

と額を地につけて懇願した。

その願いを無下（むげ）に断るわけには行かない。

「相分かった。われから義時によく伝えておこう」

と実朝は穏便の措置を約束した。

義時もこれは拒否出来ない。義盛の子息ら一族の者の半数は義盛の手に委（ゆだ）ねた。が、残り半数については、放免を拒否した。その中に胤長がいる。

義盛は翌日も大勢で御所に押し掛けて来たが、義時は頑として釈放に応じない。それればかりか、義盛を愚弄するがごとき振舞に出た。義盛や一族一門の面前を、面縛した胤長を捕吏に連行させた。

「おお」

と義盛は喚き声を上げ、

「しばらくの辛抱じゃ。直ぐに解き放してやるぞ」

と叫ぶ。

「おのれ、義時」

といった怨嗟の声が上がった。

胤長はそのまま陸奥国へ配流となった。

さらに、義時は胤長の屋敷地を没収した。こういう場合、没収地は一族に与えられる習わしである。屋敷地は義盛に下されたが、ほどなくして、義時の所有に帰することになる。邸にいた義盛一族の者は、義時の郎党に手荒く追い立てられた。

このことを知った義盛は地団駄踏んで悔しがった。

「侍所別当のこのおれを、鎌倉中の笑い者にするか。ならば、思い知らせてやるぞ」

なぜ、義時がかかる挙に出たのか、そういう疑問を抱く義盛ではない。北条など、一挙に踏み潰してくれるわ、と心に叫ぶ。その後どうなるか、それも義盛にはどうでもよいことだった。

「義時を討て！」

と義盛はいきり立った。

こういうときに起たねば、義盛は義盛でなくなってしまう。たちまち、一族一門の信頼も失うことにもなる。義盛は四方八方に檄を飛ばした。

「義村にはわしが会おう」

和田義盛と三浦義村は東国の二大豪族御家人であり、ともに三浦義明の孫に当たる。同族同門であり、義盛が起てば、義村が馳せ参じることに、義盛はなんの疑いも抱いていない。

「相分かった」

義村は、にこり、とする。

「起請文が要るか」

と問う。

「要らぬようなものだが、記念にはなろう。もらっておこうか」

義村は大きく頷いて、起請文を認め、荷担することを義盛に誓った。

「これで、ついに北条義時も終りじゃのう。彼奴はわしを怒らせるという大きな間違いを犯しよったのよ」

このことは鎌倉にも聞こえて来た。義時の思う壺だった。が、どう出て来るか。それをどう討つか。

義時は義村を信頼し、また頼りにもしていた。義時と義村との間には、長い連携の歴史もある。が、和田一族と三浦一族は同族であるにも拘わらず、義盛は侍所別当にしがみついて、長年、三浦一族を見下して来た。そのことに義村は義村なりに含むところがあった。義時の目にはそれは明白だった。

実朝はこの不穏な状況を穏便に治めようと試みた。使者を遣わして義盛を慰撫しようと務める。

「お上においてはまったく恨みを存ぜず、相州の所為、傍若の間、子細を承らんが為」

お上に恨みはまったくありませぬ。義時の所業が傍若無人ゆえ、その理由を質したいがためである、と義盛は答えた。換言すれば、君側の奸を討つためである、という。

五月蜂起が義盛の計画だった。義盛は横山党などの武蔵勢や相模の同志の糾合を急いだ。これに手間取っているとき、物見の報告によって義村の裏切りが明らかになった。それればかりか、北条勢が大挙して攻めて来る、という。

「義村の裏切り、間違いないか」

と義盛は大きな手で物見の襟首を掴む。悪鬼のような形相だった。

「それがしの命に賭けて――」

と物見は息が出来ない。

「やはり、そうか」

物見を突き放すと、義盛は深々と息を吐いた。不思議と落ち着いて来た。義村の裏切りは心の底で予見していたような気がする。

「直ぐさま押し出すぞ。支度に掛かれ」

と義盛は怒声を上げた。

「それはなりませぬ。味方がいまだ到着しておりませぬ」

と側近が必死に止める。

「構わぬ。館にあるだけの手勢で、明朝、奇襲を掛ける。手を拱いていては、こちらがやられるだけじゃ」

「しかし――」

「われらが戦うている間に、横山党が着くだろう。念のため、急使を走らせよ」

「――」

「なにをぐずぐずしておる。わしの命が聞けぬなら、この場でその首刎ねてくれるぞ」

「はっ」

と側近が立ち上がる。

目が光を強めて、義盛をじっと見つめる。義盛が頷く。

「では――」

と側近は足早に去って行った。

翌五月二日未明、北条勢は御所の周りに迎撃態勢を固め、鳴りを潜めて待機していた。篝火(かがりび)はない。暗闇の底で敵の襲撃を待ち構えている。和田勢が奇襲を掛けて来ることは、藤馬らによる物見で、事前に察知している。

それを承知の義盛の襲撃だった。

「来るぞ」

と将の一人が声を上げた。

西の方角から遠雷のような馬蹄の響きが幽かに聞こえる。

「はて」

藤馬が首を傾げて、

「人数は多くありませぬな」

と義時に言う。

「そうか」

馬蹄の響きは次第に大きくなり、夜空の一画が赤く染まり始める。和田勢の掲げる松明の明りだった。

「火矢が来るぞ。火を燃え広がらせるな。半数は敵に構わず火を消せ」

と藤馬は改めて命令を全軍に徹底させた。

和田勢は総勢百五十騎に過ぎない。が、武勇絶倫の強豪揃いである。騎射に長け、薙刀に長け、太刀に長けている。義盛のためなら命を捨てることなどなんとも思っていない。敵に回しては厄介な相手だった。

ドッ、ドッ、ドッ。

馬蹄の音が高まり、松明の火が明々と眼前に迫って来る。

「うおっ！」

喊声とともに百五十騎が怒濤のごとく攻め掛かる。作戦もなにもない。一斉に火矢を放ち、一騎一騎がそれぞれに戦いを挑むだけだった。

四方八方で死闘が繰り広げられた。仄かに空が明るみ始め、御所の諸々の建物に火が移り始めた。

藤馬は泰時を守って奮戦し、敵の幾名かを太刀に掛ける。が、さすがに和田武者は強い。北条の将兵も次々と討ち取られて行く。中でも、義盛の子息朝比奈義秀は世に知られた一騎当千の荒武者である。泰時はこれに挑もうとしたが、藤馬はそれをさせなかった。藤馬自身にも易々と斃せる相手とは思われない。

御殿が燃え始めたことを知った義時は、乱戦の中、御殿に駆けつけ、実朝を導いて避難させた。

義村は義盛には荷担しないが、義盛と戦うことは拒んでいた。しかし、北条勢は圧倒的に兵の数が多い。味方に駆けつけて来る御家人にも事欠かない。やがて、和田勢は次第に押され気味となり、百五十騎のほとんどが馬を失い、半数は討ち取られた。

「退け、退け！」

と義盛は声を嗄（か）らす。

午頃（ひる）になると、義盛は由比ヶ浜（ゆいがはま）にまで追い詰められた。が、夕刻近く、待ちに待った横山党などの味方が追々集まって来て、義盛は一息つくことが出来た。北条勢にも疲れが出て、二日の戦いは決着がつかなかった。

翌三日、和田勢は勢いを盛り返して、鎌倉の要所を幾つか占拠する。一時は北条勢を御所へ追い返すかに見えた。と、そこへ義村勢が攻め込んで来た。義村は傍観していることが出来なくなったのだ。北条が和田に敗れるようなことがあれば、三浦一族は危機に瀕（ひん）する。義村は参戦の決断をしたのだった。

これに力を得て、北条勢が盛り返し、激戦の末、和田勢を再び由比ヶ浜へ押し返す。それでも、和田勢は激しく抵抗し、やがて夜を迎える。さすがの強豪和田勢も力尽き、由比ヶ浜に閉じ込められ、ついに全滅する。

敵味方入り交じった死屍累々（ししるいるい）の中に、義盛の屍体があった。全身に矢傷と斬傷を受け、名もなき兵の間に顔を俯（うつむ）けて息絶えていた。北条の何者が仕留めたか誰にも分からない。しかし、朝比奈義秀の屍体は見つからない。後に判明したことだが、義秀は浜を脱出して、阿波へ渡ったようだった。

こうして、東国一の豪族を討滅して、北条は幕府の中に第一の権力を打ち立てた。五月七日、論功行賞があって、義時、時房、泰時がそれぞれ和田の旧領の一部を賜る。さらに、義時が侍所別当を兼任することが決まった。義時は執権にして、政所別当及び侍所別当となったのである。それは義時が幕府政治の首座に着いたことを意味する。

しかし、火災によって御所はかなりの被害を被った。この機に、御所を建て直す建議が大江広元から出されて、突貫工事が始まった。義時も御所内に新築の大倉邸を賜る。

三

実朝が藤原定家に自作の和歌三十首を送って、添削を依頼したのは十八歳の頃だった。定家は本歌取りの技法を実朝に学んでもらうため、『近代秀歌』を書いて実朝に送り返した。以後、実朝は定家を師と仰いで、和歌にのめり込んで行った。

定家は後鳥羽院歌壇の中心的な人物で、『新古今和歌集』の選者の一人だった。のち、上皇との折り合いが悪くなるが、実朝との師弟関係は続いた。

実朝が自作の和歌を集めた歌集『金槐（きんかい）和歌集』を編んだのは、和田合戦のあった年である。古今風、新古今風、万葉調と種々雑多な歌が含まれている。その中で、雑の部に収められている歌には独特の感覚と個性がある。その風格のある歌は異彩を放っている。

〈いとほしや　見るに涙も　とどまらず　親もなき子の　母をたづぬる〉

〈時により　すぐれば民の　なげきなり　八代龍王　雨やめたまへ〉

こうした将軍としての歌にも、万葉以来の天稟が感じられる、と定家は絶賛した。

しかし、こういう歌もある。

〈山はさけ　海はあせなむ　世なりとも　君にふた心　わがあらめやも〉

君とは後鳥羽上皇を指している。朝廷を尊び、上皇を敬愛し慕う実朝の思いは、武士を統べる統領にはふさわしいものではない。京風への嗜好も強くなるばかりだった。

義時は己が実朝を見誤っていたことに気づかされた。かつて、義時が実朝から窘められたときがあった。そのとき、実朝を武士の統領と仰いで朝廷に対抗する道を、義時は思い描いた。が、その後、実朝が歩んで来たのは、京風と和歌、蹴鞠、上皇への傾倒の道だった。

義時は、一度、そんな実朝を厳しく諭そうとしたことがある。和田合戦の後だった。亡き畠山重忠の末子である重慶という僧に、不穏の疑いがあった。実朝は長沼宗政に重慶を生け捕りにせよ、と命じた。宗政は小山朝政の弟に当たる名ある武士である。

宗政は重慶の首を刎ねて戻って来た。実朝はこれを厳しく叱責した。そのとき、宗政は昂然と顔を上げ、実朝の顔をきっと睨み据えて言った。

「生け捕りにすることなど容易いことでござる。なれど、それでは、女どもや比丘尼らの愁訴によって、許されてしまう恐れがあり申す」

なにゆえか。頼朝の時代は武が重んじられたが、いまは和歌と蹴鞠が大事の時代である。武芸などなきに等しい。女が主で武士はいないも同然。没収された領地は勲功ある者に分け与えられず、若い女房に与えられてしまうのがいまの世である、と宗政は言う。

「よって、それがしの一存にて、首を刎ね申した」

実朝は顔色を変えて座を立った。義時は宗政に、去れ、と合図して実朝の後を追う。実朝は奥御殿の居室にいた。定家から送られて来た『万葉集』を手にしている。

「いまの長沼の言葉、如何、お聞きになられましたか」

義時の言葉に、実朝は沈黙で答えた。

合戦で御所の建物の幾棟かが半焼してしまった。その修復工事の音が嫌に高く聞こえる。

「お耳に不快でございましょうが、あれがいまの鎌倉御家人の本音でございます」

「義時はこのわれになにを求めているのか」

「お上には武士の統領として――」

「なれど、義時には、われがいまのままのわれでいる方が、都合よきことではないのか」

「なにを仰せですか」

「では、訊くが、われはわれの考えでなにごとかをなせるのか。幕府という仕組の中にいる限り、われの考えなど、取るに足らぬものではないか」

「それはそれがしとて同様でござる。そんな中でも、それがしはお上と歩調を揃えて歩んで行きたい、と願うておりまする」

実朝は、ふっ、と笑いを洩らす。

「歩調を揃えて、か。和歌を諦め、蹴鞠を止め、武芸に励めば、その方と歩調が揃うのか」

「上皇様は武芸の達人であらせられまするぞ」

「――」

「武士たる御家人がお上に抱いている深い思いに、お上は応えてやらねばなりませぬ。それが鎌倉幕府の頂点に立つお上の務めではありませぬか。長沼をあのように嘆かせておかれまして、いずれ鎌倉は立ち行かぬことになりましょう」

実朝は、しばらく、黙って室内の一点を見つめていた。京風に飾られた色彩に満ちた華やいだ室だった。

「われはそのような重荷を担える器ではないわ」

「いいえ、お上はなかなかの見識をお持ちと思うております」

「それは間違いだ。われは和歌を詠み、蹴鞠に興じているときだけが、生きている気がして幸せなのだ」

幸か不幸か、実朝は歌に天賦の才を持って生まれて来たのだ。それを咎めることは出来ない。ならば、実朝には飾りでいてもらうしかない。そのとき、義時の肚は定まったのだった。

それから三年、実朝はときに将軍としての厳しい一面を見せることもあった。が、京風と和歌、蹴鞠から離れることはなかった。しばしば病に苦しみ、しきりに官位の昇進を望むようになった。三年前に正二位に叙せられて以来、昇叙昇任は留まるところを知らない。

ところが、今年、建保四年（一二一六）六月、実朝は権中納言に昇進し、七月には左近衛中将を兼ねた。実朝の要望に後鳥羽上皇が応えたのだった。それがなにを意味するか、義時には明白だった。院の攻勢が始まったのだ。それを糊塗するためか、義時にも、今年、従四位下の除書が届けられた。

一日、御所の将軍御座所で、義時と広元が実朝に諫言した。広元は言った。

「なにとぞ、権中納言と左近衛中将を辞任して下さりませ。鎌倉はいわば土の政権、京都は衣冠の政権、と言えましょう。お上が土から離れて衣冠に入り込めば、決して御家人の期待に沿うことは叶いますまい」

広元は京という都にも朝廷にも通じている宿老である。その広元の言には説得力がある。

「院はお上と幕府が離反する時を待っておられるのです」

と義時は言った。

実朝は、少時、口を噤んでいたが、

「その方らの申すこと、分からぬわれではない。なれど、源氏の正統はわれ一代で絶える。それが分かっているゆえ、せめて高位高官に昇って、家名を上げたいのだ。和歌も残したい」

と言った。

義時も広元も言葉を失った。実朝は二十五歳になる。坊門信清の娘が京から嫁いで来てからすでに十二年を経ている。が、二人の間に一人の子も生まれていない。実朝は側室を持つことを拒み続けて来た。子が出来ない原因がどこにあるのか、誰にも分からない。実朝はそれを知っている。

「なんということを仰せですか」

と広元は老いの目に涙を浮かべた。

この年、実朝は現の世から逃げ出そうとするがごとき振舞に出た。中国人陳和卿の勧めに従って、巨大な唐船を作らせたのだ。宋に渡って、前世に住していた〈医王山〉を参詣する、と言う。義時や広元の反対にも拘わらず、翌年、唐船は進水式を迎えた。が、この巨船はついに由比ヶ浜の入江に浮かぶことはなかった。

二年後の建保六年正月、実朝が待ち侘びた昇進の報せが朝廷から届いた。権大納言に任じられたのだ。報せには、引き続いて望みの昇進が叶うことを匂わせる記述があった。実朝は狂喜した。

「これは、上皇様がお上を〈官打ち〉に掛けよう、と考えておられるのではありませぬか」

と義時は政子に言った。

〈官打ち〉とは次々と官位を与えて、位負けさせて死に至らしめる一種の呪いである。馬鹿馬鹿しい迷信だが、京ではいまだに信じられている。それを証拠立てるかのように、最勝四天王院において、実朝が調伏（呪詛）されている、と伝わって来た。

「なにゆえ、そのような――」と政子は嘆く。「上皇様はお上を可愛がっておられたではありませぬか」

それは母親の嘆きだった。もちろん、政子にもその理由はよく分かっていた。

上皇は型破りの人物だった。することなすことすべての規模が大きく、華麗な御所や離宮を建てる。離宮などへの遊山旅行には、白拍子や遊女が集められて、乱舞狂宴が付きものである。

特に熊野詣はお気に入りで、十か月に一度は出掛ける。往復に二十日以上を掛け、多くの公家を供にし、白拍子も遊女も連れて行く。この大旅行の費用は莫大で、すべて沿道の国司、荘園、民の負担となる。

上皇の経済を支えているのは膨大な荘園群だった。著名なものでは〈長講堂領〉、〈八条女院領〉などがある。これらの荘園の数は計り知れないほどだが、これに匹敵する荘園も上皇は相伝されている。

しかし、ここに一つの問題があった。地頭の存在である。荘園は所有主が領地の拡大、保証を求めて、伝手を頼って公家に寄進したものである。寄進された公家は更なる強力な保護を求め、その行き着く先が上皇ということになる。ところが、他により安全で強力な権力を見つけた場合、寄進のあり方が変わって来る。より安全で強力な権力とは、他ならぬ鎌倉幕府である。

東国はもちろん西国においてさえ、多くの地頭が幕府によって任命されている。彼らは現地にあって次第に在地領主化して行く。幕府の御家人となって地頭に任命されるのが、領地保護のもっとも有力な方法だったのだ。公家への寄進は減少し、地頭による公家への年貢未納問題も生じて来る。

上皇は、しばしば、地頭問題に悩まされ、実朝に地頭の罷免や交替、不法の処罰を依頼した。しかし、御家人の権利保護については、実朝でさえ上皇の頼みを拒んで来た。その心中の苦しさが、〈山はさけ――〉の和歌になったのだ。

上皇は実朝の歌の才を愛で、実朝を可愛がることで幕府を懐柔出来ると考えていた。それが不可能であると知ったとき、実朝への憎しみに火が点いたようだった。

二月四日、政子は予定通りに熊野詣に出立した。時房と政所執事の二階堂行光が供をする。

出発前、大御台御所において、実朝と政子、義時の間で極秘の重要な話合いが持たれた。実朝の後継者問題である。実朝は病身で、子が出来ぬ身である。それなら、後継者を決めて引退してはどうか、と政子はかねてから考えていたのだ。

「それはよい考えだ」

実朝が喜色を表して語気を強めた。

「身を退いて、われが新しい将軍を後見しよう。直ぐにでもそうしたいものだ」

実朝は上皇の院政を頭に描いている。そうすれば、上皇のように自由に羽ばたける、と考えているようだった。日本国中を旅して歩き、好きなだけ和歌を詠む。そんな日々が実朝の頭を去来しているらしい。

では、後継者に誰を選ぶか。東国の有力御家人の間から選べば、内紛が起きるのは必定である。

「京から上皇様の皇子様にお出でいただくのは如何でしょう」

と義時は言った。

幕府とは一切関わりのない、しかし、身分は申し分ない皇族なら、誰もが納得するのではないか。

「そうだ。それがよい。上皇様にお願いして皇子様のお一人を寄越していただこう」

と実朝には一も二もない。

皇子を鎌倉に送り込めば、幕府を操る機を狙うことが出来る、と上皇は考えるだろう。が、皇子を手玉に取るのは、それほど難しいことではない、と義時は判断している。

この提案には政子も賛成だった。広元を呼んで意見を訊いたが、広元にも異論はない。その成否を探る使命を帯びて、政子は鎌倉を出立したのだった。

政子が京に着いたのは二月二十一日である。熊野三山を参詣して、実朝の無事を祈願する。いよいよ、朝廷との交渉が始まる。

後鳥羽上皇にもっとも影響力を持っている人物に、藤原兼子という女性がいる。後鳥羽上皇の乳母であり、かつては院の執事別当藤原宗頼の妻で、父は刑部卿藤原範兼である。

丹後局が姿を消した後、兼子は政界に乗り出した。たちまち、後鳥羽の親政、院政を通じて重要な案件の取り次ぎを独占するようになった。やがて、従二位に叙され、卿二位と呼ばれる。政子はこの兼子と面談する予定になっていた。兼子は政子の二歳上、六十四歳になる。

政子は六波羅邸を宿所にしている。兼子の方から気さくに六波羅邸にやって来た。

初対面の挨拶が済み、兼子が旅の労苦を労った後、政子は実朝の昇進に言及する。身に余る昇進は畏れ多いゆえ、今後は辞退したい、と政子は言った。兼子は老顔に穏やかな笑いを浮かべて、

「よろしいのではありませぬか」

と取り合わない。

次いで、政子は実朝の後継者問題に触れた。

「お互い、この歳になっても、気苦労が絶えませせぬな」

と兼子は溜息を吐く。

政子が気に入ったようだった。政子も権高なところが微塵もない兼子に好感を持った。

「京でゆるりとなさりませな。私があちらこちらとご案内いたしましょう」

と兼子は言う。

「ありがとうございまする」

「幾度もお会いして、あれこれとお話しましょう。もうこの歳になりますと、お喋りくらいしか、楽しみがありませぬ」

「ほんにそのようでございますね」

急いても、どうなるものでもなかった。腰を落ち着けてじっくりと話し合うしかない。

結局、政子は四月十五日まで京に滞在した。その間、政子は院御所に兼子を訪ね、兼子も六波羅邸に足を運ぶ。神社仏閣にも連れ立って参詣した。たわいもない老女同士のお喋りに、結構、政子は楽しい一時を持つことが出来た。

その間に、三月、実朝は左近衛大将に任じられた。もはや、〈官打ち〉は明らかだったが、兼子は気にも留めていない様子である。

鎌倉の第四代将軍に上皇の皇子を迎えたい、という政子の話に、意外にも兼子は喜んだ。

「それはよいお話です。事がなるべく、私が尽力いたしましょう」

「それは有難いお言葉です」

六条宮雅成親王か冷泉宮頼仁親王がふさわしいのではないか、と兼子は言う。兼子は信じてよい人物に思われる。政子の上洛は上首尾に終った。

在京中、兼子の働きで、政子は従三位に叙された。さらに、兼子は政子の上皇への謁見のお膳立てを整えた。その沙汰が下りたのは四月十五日だった。政子は固辞した。

「辺鄙の老尼が、上皇様に拝謁いたしして、なんといたしましょう」

その日の内に京を発ち、二十九日、鎌倉に帰り着く。

その後の実朝の昇進は恐ろしいほどの速さで実現して行った。十月内大臣、十二月には右大臣に任ぜられた。政子にも、十月十三日、従二位が贈られる。が、皇子を鎌倉へ下す沙汰は一向に下りなかった。

四

明けて承久元年（一二一九）正月二十七日、実朝の右大臣就任拝賀の式典が鶴岡八幡宮で執り行われる。式典に参列するため、京から大勢の公卿が鎌倉に下って来た。式典は夜に執行される。それを一目見ようと、午を過ぎた頃より近在から人々が集まって来た。武士はもちろん、僧もいれば商人もいる。百姓も漁師もいる。

外気は身を切る寒さだが、幸い空には晴れ間が見える。実朝のために天が目出度い一日を祝福しているかのようだった。政子は無理にでもそう思うことにした。

慶賀すべき式典の采配を振るうのは、もちろん義時でなければならない。八幡宮は幕府の祈禱を司る役目を負っている。頼朝以来、頼家、実朝と三代にわたる征夷大将軍の叙任拝賀の儀式も、八幡宮で執り行われた。義時は早朝から八幡宮に詰めて、あれこれと指図をし、その結果の点検に動き回っていた。

社殿の前を通り掛かったときだった。強烈な痛みが腹部を襲い、義時は思わずその場にしゃがみ込んだ。

「如何されました」

と驚いた藤馬が駆け寄る。

義時は声も上げられずにその場に倒れ伏した。

「殿、殿！」

藤馬の声が遠くに聞こえる。義時は手を振って、騒ぐな、と伝えたつもりだった。が、手も上がらないし、出るのは疼痛（とうつう）の呻きだけだった。

ここ数日、義時は痢病（腸炎）に悩まされていた。暴飲暴食に疲労が続いたせいではないか、と薬師は言った。痢病は北条の遺伝の病で、実朝も幼児の頃からこれに苦しめられている。腹痛と吐気と下痢が特徴である。

それにしても、これは激しい。下腹が絞れるように痛んで、義時はその場に吐いた。と、便意が激しく突き上げて来る。藤馬と数名の郎党が義時を大倉邸へ運んだ。義時は必死に便意に耐える。気が遠くなりそうだった。

幾度も吐き、何度も厠（かわや）を往復しても、痛みと吐気と便意は治まらない。吐く物も出る物もなくなっても、桶の中に顔を突っ込み、侍女に支えられて厠へ足を運ぶ。この繰り返しで、体が衰弱して命を失う者もいる。

薬師が薬湯を用意し、政子が駆けつけて来た。

「このような日に――。あれほど節制せよと申し聞かせたのに、そなたは――」

と姉は厳しく弟を叱りつける。

「申し訳ありませぬ」

と弟は小さくなって、姉に詫びる。

「この様子では、お式に参列することは叶いませぬな」

式典では、義時は前駆（先導）の役を果たすことになっている。

「仰せの通りです。前駆の役はそれがしに代わって仲章に申しつけて下され」

源仲章は一族の青年武将で、義時の側近の一人である。

「止むを得ますまい」

「仲章は委細を承知していますから、恙なくお役目を果たしましょう。お上によしなにお伝え下されよ」

政子は溜息を吐く。

「相分かりました。早速、手配いたしましょう。一日も早い回復に努めなされよ」

政子が大倉邸を出た頃から、それまで晴れていた空が、俄に雲に覆われた。やがて、白い物がちらつき始める。

雪は次第に激しくなり、夜になると鎌倉が白一色に覆われるほど降り積もった。

しかし、式典は中止出来ない。八幡宮の雪掻きに大勢の武士が駆り出された。この夜に積もった雪は、二尺（約六十センチ）に及んだ。前代未聞のことだった。

雪の降り続く中、社殿における実朝の右大臣拝賀の式典は無事に終了する。源氏一族の主立った者、幕府の要職にある者、京から下って来た公卿の面々が参列している。

式典が無事終ったときには夜も更けていた。一同が神前から退出する運びになった。雪は降り続き、寒気は相変わらず厳しいが、政子は、ほっ、と安堵の息を洩らす。

参道の両側には無数の篝火が焚かれていた。参道に沿って参列者が左右に分かれて立ち並ぶ。その間を実朝が静々と進む段取りである。三の鳥居の外には、武装した武者が整然と並んでいる。

奉幣（ほうへい）を終えた実朝が石段を下り始める。煌びやかな衣冠束帯（いかんそくたい）に身を包み、下襲（しもがさね）の長い裾（すそ）を引き摺（ず）っている。実朝は笏（しゃく）を手に左右の参列者に会釈しながら下りて行く。

一段、二段と慎重に足を運ぶ。石段には篝火の明りが届かないから、足下は暗い。雪に滑る危険もある。実朝の足運びはどことなくぎこちなく見えた。

そのときだった。山伏の兜巾（ときん）を被った一人の法師が、暗闇の中から走り出て来た。法師は実朝の下襲の裾を踏みつけるや、

「親の仇（かたき）はかく討つぞ！」

と叫んだ。

法師の手にした白刃が篝火の明りに煌めき、上段から実朝に襲い掛かる。実朝は振り返って、笏で防ごうとした。間に合わなかった。白刃は実朝の頭上に振り下ろされた。

「うおっ！」

と実朝はその場に転倒する。

「覚悟！」

法師は実朝の上に馬乗りになるや、躊躇なく止めを刺した。

「やっ」

裂帛（れっぱく）の気合を発して、法師は実朝の首を刎ねた。恐るべき早業（はやわざ）で、沿道の参列者は身動きする間もない。

実朝、二十八歳の若き死だった。その一部始終を政子ははっきりと見ていた。

「ああっ！」

政子の口から悲鳴が迸る。

「われこそは、八幡宮の別当阿闍梨公暁なるぞ」

法師が斬り落とした実朝の首を高々と差し上げて、名乗りを上げた。公暁は亡き頼家の三男で、二十歳になる。公暁の朗々たる音声で、参列者は呪縛を解かれたようにざわめき出した。

そのとき、さらに三、四名の法師が躍り出て来た。彼らも兜巾を被り、抜刀した刀を振り翳している。公卿らは悲鳴を上げてその場から逃げようとする。参列者は誰一人、武器を所持していない。彼らにも抵抗の術がなく、じりじりとその場から後退するだけだった。

「おのれ、曲者！」

前駆の仲章だけが、松明を手に法師たちに立ち向かって行った。が、それを待っていたかのように、彼らは四方から仲章に刃を浴びせた。仲章は悲鳴を上げる間もなく絶命する。

「これで事はなった。引き上げるぞ」

と公暁が叫び、

「おう」

と法師たちが応える。

公暁は太刀の先に実朝の首を突き刺すと、高く掲げて先頭に立った。彼らは八幡宮の別当坊に引き上げて行った。


「なんと！」

義時は寝床に身を起こして、しばらく、声を失った。枕辺には藤馬がいる。

「彼らは八幡宮の別当坊へ引き上げ申した」

と藤馬は言った。

そこまで確かめてから、大倉邸に走り帰って来たのだった。

「大御台は？」

と義時は訊いた。

「ご無事でございましたが、仲章殿は――」

と藤馬は首を横に振る。

「殺られたのは二人だけか」

「はっ」

つまり、お上とおれか、と義時は思う。公暁らは仲章を義時と思い込んで刃を振るったのだ。

「よし、分かった」

義時は、少時、考え、

「まず、時房と泰時をこれへ呼べ。それから北条の兵を集められるだけ集めよ。行け」

と藤馬に命じた。

藤馬と入れ替わるように側近の者が入って来る。義時は立ち上がった。

「着替えるぞ」

「お体の方は？」

「熱い白湯を持て」

それには答えず、

まず、義村だ、と義時は思った。それから、公暁を討って、お上のお首を取り返さなければならぬ。

三浦義村の妻が公暁の乳母であり、義村の一子駒若丸は八幡宮の稚児で、公暁の門弟になっている。頼家が修善寺で死んだとき、公暁は五歳だった。翌年、公暁を憐れんだ政子によって、八幡宮別当の尊暁の教えを受けることになる。実朝の猶子となったのはその翌年だった。十二歳で落飾して僧侶の修行を積む。傍ら、武芸の鍛錬も怠らない。公暁も父頼家同様、武芸の才に恵まれていた。そして、二年前の建保五年、八幡宮別当となる。その年の十月十一日から発願して千日の参籠に入った。

実朝の跡は猶子たる己が将軍となって継ぐべきである、と公暁は考えて来た。ところが、親王が将軍に推戴され、実朝が後見する、という話が耳に入った。そうなれば、将軍の座に着く可能性はまったくなくなる。その前に実朝を殺さなければならない。それが公暁の思考の筋道だった。

別当坊に引き上げた公暁は、

「腹が減ったぞ。飯の用意をいたせ。酒だ」

と下働きの者に申しつけた。

公暁は全身に返り血を浴びている。その上、実朝の生首を鷲摑みにしていた。参籠中のため、髪を梳ることもなく、ひげが顔の半分を覆っている。まるで悪鬼の形相だった。下働きの者は声も出ぬほど怯えてしまった。

それでも、あり合わせの物が出されて、酒盛りが始まる。

「ついにしてのけたぞ。いまこそ、われは東国の大将軍であるぞ」

と公暁は言った。

「おめでとうございまする」

と門弟たちが声を揃える。

「その方らもようやってくれた。この働きは決して忘れぬぞ」

「有難きお言葉、畏れ入りまする」

その間も、公暁は実朝の首を側から離さない。ときどき、視線をやって、にやり、と口許を歪める。

「早速、義村に使いの者を出せ。われを鎌倉殿に任ずる準備を始めよ、と伝えるのだ」

「はっ」

「それから、われを狙う不届き者が現れるやも知れぬゆえ、それを防ぐ手配りも忘れるな」

「心得ました」

一人になると、公暁は灯明台を引き寄せて、さんばら髪の実朝の生首に明りを当て、

「この日の来るのを、どれほど待っていたことか」

と呟く。

それから、しばらく、公暁は身じろぎもしなかった。起きているのか眠っているのか、己でも分かっていないようだった。どれほどの時の経過があったのか、公暁は人の気配を感じて、はっ、とわれに返る。義村の許から二名の門弟が戻って来たのだ。

「首尾は？」

「上々でございまする。義村様直々のお言葉を頂戴いたしました」

「義村はなんと申した」

「承りました。早速、お迎えの者を遣わしますゆえ、わが三浦の邸にお移り下さりませ。そのように仰せでございました」

「ならば、われはここで待っておればよいのだな」

「そのように心得まする。間もなくお迎えの軍勢が参りましょう。それまで、少しお休みになられては如何ですか」

「われは一向に眠くはないぞ」

と公暁は大きな笑声を上げた。

北条の兵が続々と三の鳥居周辺に集まって来た。泰時は、昨年七月、侍所別当に任じられている。義時はその泰時を大江広元ら幕府の宿老の許へ走らせた。この事態にどう対処するか、義時の考えを伝えて同意を得るためである。その上で、義村など有力御家人に使者をやり、改めて泰時に歴訪させることにした。

大事なことは公暁がどれほどの後盾を有しているのか、それを知ることだった。後盾などあろうはずはないが、念には念を入れなければならない。その上で、公暁を討ち果たして実朝の首を取り戻す。この手柄を誰の手に委ねるべきか、そこが大事だった。もう心は決まっている。

実朝の後継者をどうするか、幕府を如何に維持して朝廷に対するか、それはその後のことである。やるべきことは際限なく多い。

義時は時房を呼んで、北条の兵で別当坊を包囲すること、しかし、山側は空けておくことを命じた。

姉を慰めてやらねばならぬ、と思う。政子は頼朝に次いで大姫、頼家、そして実朝を喪ってしまった。実朝を害したのは孫の公暁で、その公暁との別れも避けられない。どのような言葉も政子の心に届くはずはないのだった。それでも、義時は政子になにか言ってやりたい。が、一体、なにを——。

　夜が白み掛ける。

「まだ、義村の迎えは来ぬか」

　と公暁は声を荒げた。

「はっ、いまだ」

「義村はなにをしておるのか」

　門弟たちの間にも次第に不安が広がり始めていた。北条の軍勢が別当坊を遠巻きにしている気配である。

「北条など恐るるに足らぬ。それより、義村だ」

　と公暁は言った。

　それだけでは、門弟たちの不安は拭(ぬぐ)えない。やがて、待ちくたびれた公暁が、つと、腰を上げた。

「迎えが来ぬなら、われが行こう」

　と太刀を手に取る。

「それなら、われらも――」

「その方らはここで待っておれ。心配は要らぬ」

公暁が言い出したら、もうどうにもならない。公暁は兜巾を被って、一人で坊を出る。実朝の生首には関心を失ったのか、坊に残したままだった。雪は止んだが、かなり積もっていた。公暁は雪を搔き分け搔き分け、道なき道を行く。知り尽した山中である。

義村邸は御所の西門の前にある。大臣山を越えて南に下れば直ぐの所だ。公暁は顔を俯けてひたすら先を急いだ。と、前方の山道辺りに人影が見えた。

公暁はとっさに岩陰に身を隠した。二、三十名の武士が近づいて来る。その中に顔見知りの長柄という武士がいた。義村家中随一の武芸自慢である。

「迎え、ご苦労」

と公暁は岩陰から出た。

武士たちが、ぎょっ、と身構える。

「われが鎌倉の将軍、公暁なるぞ。義村が許へ案内せよ」

と、いきなり、武士の一人が公暁に斬り掛かった。

「なにをするか」

と公暁は身を躱して抜刀する。

山道は狭い。武士たちは一斉に太刀を抜くと、斜面に散らばって公暁を包囲する。無言である。

「われは――」

「主の命により、お命、頂戴仕る」

と長柄が正面に立った。

「その方、義村を裏切るのか。ならば、われが成敗してくれるわ」

「ご免」

と長柄の刃が真正面から斬り掛かる。

公暁はその刃を撥ね返したが、敵は多勢である。雪で自在な動きが封じられていても、前後左右から仕掛けて来る。これを躱し、斬り払いつつ先へ進む。さすがは武芸の達人である。数名が斜面を転がり落ちたが、公暁も傷を負った。やがて、一団は戦いつつ義村邸の板塀に到る。

「義村、なぜ、迎えに出ぬか」

と公暁が叫ぶ。

叫びながら、公暁は板塀を乗り越えようとした。公暁は毫も義村を疑っていないようだった。長柄は肩先を斬り裂かれていたが、それでも公暁を仕留めようと追い縋る。

「ご免！」

長柄の太刀が塀に取りついた公暁の背を深々と刺し貫いた。

「うおっ！」

獣（けもの）じみた怒号を上げて、公暁は振り向きざまの一太刀を長柄の頭上に浴びせた。それが公暁の最後の攻撃だった。公暁と長柄は折り重なるように、板塀の下に倒れ伏した。二人とも絶命していた。

公暁、二十歳の死である。

頼朝直系の血は、ここに絶えた。

七章　前夜の風景

一

公暁と門弟たちは、ことごとく義村の手勢によって討ち取られた。

その翌日の正月二十八日早朝、義時は実朝横死を朝廷に報せるべく、加藤判官次郎を使節として京へ派遣する。

直後、義時は大御台御所で緊急の評議の場を持った。喫緊に定めておかねばならないことが多くある。政子はもちろん時房と泰時、大江広元ら幕府宿老、義村を始めとした有力御家人を集めた。

「差し当たっては、大御台様に亡きお上の代行を務めていただかねばなりませぬ」

と義時は言った。

政子は小さく頷いただけで、なにも言わない。政子だけではない。列席者は一様に思考力を失っているようだった。鎌倉殿実朝が無惨に斬殺されたのだ。幕府内には途轍もない驚き、悲しみ、怒りが広がって、誰もが自分を見失ってしまったようだった。

やがて、鎌倉中が同じ状況に陥るのは必定である。どのような騒ぎが起きても不思議はない。が、鎌倉を騒擾の場にしてはならない。北条の兵で鎌倉の静謐を保つ必要がある。他にも、実朝の葬儀、公暁の共犯者の探索と掃討等々、やるべきことは山積している。義時は事務的に次々と案件を処理して行った。

まるで己がなにかの道具のようだった。心を殺し、感情を封じて、執権として務めを果たして行く。

戌の刻（午後八時）、実朝の遺骸は勝長寿院に葬られる。

二十九日、共犯者の探索が始まったが、共犯者は見つからなかった。

そんな朝、義時は、

「そなた、体の方は大事ないのか」

と政子に訊かれた。

そう言われて、己が病で倒れたことを思い出した。ここ三日ほど、ほとんど眠っていないことに気がついた。

「さあ、どうでしょうか」

「半日ほど、ゆっくりと眠りなさい」

「しかし、これからの幕府が――」

「半日ほどなら、私で間に合いましょう」

と政子は小さい笑いを頬に浮かべた。

顔色が悪く、少し痩せたように見受けられるが、気丈にも持ち堪えていた。政子は六十三歳、義時も五十七歳になる。

「それでは、お言葉に甘えて――」

長々と湯に浸かり、朝粥を食し、室を暖めて寝床に横になって体を存分に伸ばす。ふと、姫前のことが思い出された。こういうときこそ、側にいてくれれば、どれほど慰められることか。が、もう姫前はどこにもいないのだ。

少し微睡んだようだった。幾つもの顔が眠りの中を流れて行った。実朝、時政、和田義盛、畠山重忠、頼家、頼朝――。目覚めて、実朝に心行くまで和歌の才能を発揮させてやりたかった、と思う。しかし、実朝は鎌倉殿であり、征夷大将軍に生まれてしまったのだ。それは実朝の意思ではない。

ぎょっ、とする。おれは助かったんだ、と改めて気がついた。公暁の弟子たちは仲章（なかあき）を義時と思い込んで殺害したのだ。もし、義時が痢病で大倉邸に戻っていなかったら、義時は確実に凶刃（きょうじん）に斃（たお）れていた。

義時は、またもや、不思議な偶然によって救われたのだった。これで何度目だろうか、と仰臥（ぎょうが）したまま思いに耽る。もちろん、そのことになんの意味もない。天はなにも語らない。それに意味を見つけるのは人間である。

実朝の横死もまた偶然の出来事であり、起こるべくして起きたものではない。しかし、義時は死を免れたのだ。

それなら、おれが守らなければならぬ、と改めて決意を新たにする。ここまでになった鎌倉幕府を、この混乱の中に自壊させてはならぬ。幕府こそが武士の力を強め、朝廷に対抗することが出来るのだ。そして、それが必ず天下万民の安寧に繋がって行くことにならねばならない。

義時は深呼吸を一つして、身を起こした。すでに、庭には夕闇が下り始めていた。

朝廷への使節加藤は二月二日に京に到着、九日、鎌倉に帰り着く。京での滞在は僅かだったが、それでも、在京御家人の驚愕、悲嘆、動揺には激しいものがあった、と加藤は報告した。朝廷の混乱振りも想像に難くない。後鳥羽上皇がどう出て来るか、それも分からない。義時は先手を打つことを考えた。

なによりも急がなければならないのは、鎌倉殿の決定である。義時は政子、幕府首脳部、有力御家人の賛同を得て、親王下向の使者を朝廷に遣わすことを決めた。すなわち、先に政子と兼子の間で話がついた、上皇の皇子、六条宮雅成(まさなり)親王か冷泉宮頼仁(よりひと)親王のいずれかの、早急の下向を朝廷に要請するのである。

二月十三日、二階堂行光が、有力御家人が連署した上奏文を持参して鎌倉を出立した。翌日、義時は伊賀光季(みつすえ)を京都守護として上洛させる。さらに、二十九日、大江親広(おおえのちかひろ)を同じく京都守護に任じて派遣する。

しかし、幕府の要請に対する上皇の返答は意外なものだった。閏(うるう)二月一日、院御所において審議が行われて、

「親王二人の内、一人は下向させよう。ただし、いま直ぐというわけには行かぬ」

というのが上皇の出した結論だった。

これは拒否を意味する。上皇は先の約束を反故(ほご)にしたのだ。その報告が鎌倉に届いたのは十二日だった。仄聞(そくぶん)する理由としては、

「将来、日本国を二分することになるかも知れぬ措置を、しておけようか」

と上皇が語った、という。

さらに、上皇は弔問使として藤原忠綱を鎌倉に送り込んで来た。忠綱は院の近臣で、上皇の重用する北面の武士である。三月九日、忠綱は政子を訪れて上皇の弔意を告げ、その後、大倉邸に義時を訪ねて来た。義時は忠綱を書院に通して相対した。

忠綱は弔問の言葉を述べて、

「これは上皇様のお望みなのですが——」

と院宣を差し出した。

院宣は、摂津国の長江、倉橋両荘園の地頭の改補を要求している。

「それは如何なる荘園でござるのか」

義時の問いに忠綱はこう答えた。

長江荘園は上皇の寵姫亀菊に与えられたものである。亀菊は舞女で神崎川流域の遊女だった。倉橋荘園は上皇の側近尊長に与えたものだ、という。尊長は一条能保の子で、二位法印、最勝四天王院の事務取扱の地位にある。かつて、同院において実朝の呪詛が行われている、と京から伝わったことのある寺院である。

「この二か所の荘園の地頭が、なにかにつけ領主の言うことを聞き入れませぬ。そこで、地頭を交替させるか廃止させたい、というのが上皇様のご意向でござる」

「左様か」

「で、ご返答は？」

と忠綱は義時の顔を窺う。

義時は笑いを洩らして、

「これほどの大事に即答は叶いませぬ。また、弔問使のお方にお答えしてよいことでもありますまい」

と言った。

「それがしは幕府のお返事を持ち返るお役目を負っておりまする。なにとぞ――」

「幕府の返答は、追って然るべき形でいたすこととなりましょう」

「しかし――」

「お役目、ご苦労でございました」

と義時は忠綱を大倉邸から追い出した。

二

三月十五日、時房が千騎の軍勢を率いて上洛の途についた。時房は地頭問題に関する幕府の回答を携（たずさ）えている。合わせて、親王下向を上皇に認めさせる重要な役目も帯びていた。

軍勢千騎を同行させたのは義時だった。文治の頃、時政が千騎の軍勢とともに上洛し、頼朝の苛酷な要求のすべてを、後白河法皇に呑ませたことがある。それを後鳥羽上皇にも試してみよう、と思い立ったのだ。

時房の上洛前、義時は大倉邸で激励の宴を開いた。政子も泰時も招いて、さながら北条一家親睦の集いの感があった。酒が入った義時は上機嫌で、いつになく饒舌（じょうぜつ）になった。

「上皇様は幕府に問い掛けておられるのだ。親王下向を餌にして、幕府からどれだけのものが引き出せるか、それがお知りになりたいのよ」

今回の問題の荘園はさして大きくはない。が、これが親王下向の交換条件となり得るなら、上皇はどんどん要求を大きくして来る。幕府はどこまでなら譲歩可能か、上皇はその限度を探ろうとしているのだ。

しかし、〈頼朝公以後拝領した所領は、大罪を犯した場合を除き、一切没収せず〉という大原則は、幕府安定の基盤の一つである。これを曲げることは断じて出来ない。当然、院宣の要求は拒否するしかない。

「そこで、こちらも千騎に上皇様がどう反応なさるか、試してみたいのよ」

と義時は笑った。

「これは遊びではないのですよ」

と政子は、ぴしゃり、と言った。

しかし、その顔には久し振りの笑いが浮かんでいる。

「もちろんです。ちょっと様子を見るだけですから」

しかし、上皇は千騎にびくともしなかった。少なくとも、平然たる態(てい)は装ったと言える。時房は上皇の地頭改補の要求をきっぱりと拒否し、改めて親王下向を要請した。これに対して、上皇の方も決然と首を横に振った。洩れ聞こえて来たところでは、

「断じてならぬ」

と上皇は声を高めた、という。

朝廷との交渉には慣れている時房にも、つけいる隙は見い出せなかった。上皇はその場で、地頭改補の院宣を再度発した。時房は改めてこれを拒否する。

　こうして、朝廷と幕府は二枚の壁のように向かい合ったまま、なす術を失う。時房は兵を纏めて鎌倉へ戻って来た。

　そんな中、朝廷と幕府の間で新しい紛争が起きた。信濃国に仁科盛遠という御家人がいる。この仁科が後鳥羽上皇の北面の武士として仕えたため、

〈関東のご恩ありながら、許しを得ることもなく院中に奉公する。心得ず〉

と、義時はその二か所の所領を没収した。北面の武士は白河上皇が創設したもので、院御所の警固に当たる他、院直属の武者所の機能も持っている。後鳥羽上皇はこの他に西面の武士を設置している。院の西面に詰めたことによる命名だった。北面の武士と西面の武士によって、上皇は直属の武力の強化を図ったのだ。

　所領を没収された仁科は困って、上皇に訴え出た。上皇は所領を返付すべし、という院宣を下す。むろん、これにも義時は応じなかった。

　この膠着状況は幕府にとっては、厄介な問題だった。地頭改補の要求が通らなくても、朝廷は困ることはない。しかし、幕府にとっては、鎌倉殿不在をいつまでも続けているわけには行かない。事実、この異様な状況に不安を抱き始めた御家人

が増え始めていた。武士の統領たる者を欠いているのは、どう考えても不自然である。とはいえ、地頭に手をつけることなど論外なのだ。上皇は痛いところを突いて来たことになる。

一日、幕府政所で、この問題を徹底的に評議することになった。政子、義時、時房、泰時、そして、広元ら首脳部が顔を揃えた。

午前中には結論が得られず、午の休憩後だった。三浦義村が、ふと、

「皇子様が駄目なら、きっぱりと皇子様を諦めればよいではござらぬか」

と独言のように言った。

「それだ」

義時がその一言に飛びついた。

「それで――」

と義村に先を促す。

「御家人は論外でござる。ならば、摂関家の幼子など、如何でござるか」

「そうだ。それでよかったのだ。われらは皇子様に拘り過ぎた」

四代目の鎌倉殿に政治の一切を委ねるわけではない。統領として、その座にいてくれることが大事なのだ。いわば飾りであり、摂関家の血筋なら、飾りとしてなん

の問題もない。

「上皇様も、摂関家のお子なら反対する理由が見つけられますまい」

「なるほどのう」

と政子が賛同し、

「それはよきことに気づかれた」

と広元も乗り気になった。

「で、どのようなよき幼子がおられるのじゃ」

と政子が問う。

皆が思いつくまま名を挙げ、結局、候補は二歳になる三寅（藤原頼経）と決まった。三寅は九条兼実の孫右大臣道家の子であり、親幕府派の大納言西園寺公経の孫に当たる。道家は頼朝の妹の孫であり、三寅は頼朝と細い血筋で繋がっている。

「では、こ度は義村殿にご足労をお掛けすることといたそう。泰時、その方が補佐せよ」

とその場で義時は上洛の命を下した。

翌朝、義村と泰時は数十騎の供を引き連れて京へ向かう。十日ほどで六波羅邸に入り、早速、朝廷との交渉の準備に入る。義村と泰時の脳裏に最初に浮かんだのは、西園寺公経だった。公経には幾度も顔を合わせているし、頼りになる公卿の一人であった。三寅が公経の許で育てられていることも分かった。ところが、困ったことに、近頃、公経は上皇の逆鱗に触れて、籠居を命じられている、という。

「とにかく、ご挨拶に出ましょう」

と泰時は義村に言った。

西園寺邸は北山の西園寺近くにある。二人は公経に喜んで迎えられた。

「われを忘れずに、よう来て下された」

籠居の身では、訪ねてくれる客もない。無聊に苦しんでいる、と公経は言った。当年、四十八歳になる。

義村と泰時が三寅下向の望みを伝えると、

「おお、それはよきことをお考え下された。それはよい、それはよい」

とまるでわがことのような喜びようである。

「しかし、右大臣殿のご意向は如何でござろうか」

と義村が訊く。

「右大臣殿も喜ばれよう。なあに、わしが否やは言わせませぬ。必ず、事を成就させましょう」

これで、ひとまずは安心、というところに漕ぎつけた。

「おお、そうじゃ、まずは和子の顔をご覧になられては如何かな」

「それは有難きお言葉。お願いいたします」

と義村。

「では、どうぞ」

と公経は気さくに腰を上げる。

義村と泰時は広い邸内を案内され、外廊や渡廊を通って和子の室に向かった。あいにく三寅は眠っていた。乳母と侍女が枕元を離れて、三人は和子を覗き込む。泰時は衝撃を受けた。小さな赤ん坊が安らかな寝息を立てている。むろん、二歳とは承知していた。しかし、二歳の赤ん坊がこのような小さい生き物であるとは、思いも寄らないことだった。この赤ん坊を鎌倉殿と仰ぐのか、と泰時は心乱れる思いだった。

「これはこれはお美しい赤子でござる。聡そうなお顔をしてござる。のう、泰時殿」

と義村が小声で泰時に囁いた。

確かに、義村の言葉に嘘はない。人形のような美しい赤子だった。

書院に戻ると、公経は一書を認めて差し出した。

「残念ながら、われは表には立てませぬ。後は、右大臣殿に任せましょう。委細はここに記しましたゆえ、道家殿をお訪ね下され」

公経は自ら表門まで義村と泰時を送って出た。

「お二方と祝いの宴を催しとうございまするが、それも叶いませぬ。鎌倉に戻られましたら、義時殿によしなにお伝え下され」

その日の内に、二人は道家を訪ねた。

三寅下向の要請は、意外に易々と上皇の認めるところとなった。上皇も幕府との妥協点を求めていたようだった。

六月三日、三寅下向の宣下があり、六月二十五日、三寅は迎えの時房、義村、泰時らとともに六波羅邸を出発した。京からの供奉人は、殿上人、供侍等十名ほどだった。

七月十九日午の刻（正午）、三寅は鎌倉に到着、義時の大倉邸に入った。

三寅が幼少の間は、政子が代わって政務に関わることが決まり、尼将軍と呼ばれるようになる。三寅が元服し、頼経として征夷大将軍の宣旨が下るのは、嘉禄二年（一二二六）のことである。

三寅は生後一年六か月の赤子だった。やっと歩き始めたばかりで、まだ言葉は口にしない。その邪気のない可憐さが政子の心を捉えてしまった。さすがに代々公卿の血を引き継いで来ただけあって、顔形、表情の美しさも尋常ではない。子も孫も喪ってしまった老境の政子にとっては、三寅は、突如、懐に飛び込んで来た宝玉のようなものだった。

「まあ、なんという可愛いさか」

と抱き上げて頬ずりする。

「京から鎌倉までの道中、三寅様は一度も泣かれませなんだ。生まれながらの将軍であられまする」

と義村が言う。

「そうであろうのう」

三寅は握り締めた小さい両拳を振り立てて、

「きゃっ、きゃっ」

と声を上げる。

「まあ、三寅殿は私がお気に入られたようじゃのう」

政子の目が潤んで来る。三寅は自分が如何なる立場にいるのか。これから先、鎌倉と京都の間でどのように翻弄されることになるのか、なにも知らない。それを考えると、哀れさが募って来て、政子は愛おしさに身悶（もだ）えする思いだった。

「私が残りの生涯を掛けて、この子をお育てします」

と政子は義時に言った。

「よしなにお願いします」

と義時は微笑んだ。

これで、申し分ない将来の鎌倉殿が決まった。それは必然的に執権政治が確立したことを意味する。とはいえ、朝廷との対立は深まるばかりで、何処（いずこ）とも知れぬ方角から奇襲される危険は十分にある。

そのような状況の中で、義時のなすべきことは、幕府を揺るぎなき存在に仕上げることだった。そのためには、北条一族が結束して、力を強めるのが最善の手立と考えられる。その最大の敵が後鳥羽上皇であることは明らかだった。

三

後鳥羽天皇が親王に譲位して院政を開始したのは、建久九年（一一九八）一月のことである。ここに、後鳥羽上皇、土御門天皇の世となる。上皇は十九歳になったばかりで、天皇は四歳に過ぎなかった。

後鳥羽の究極の目標は、治天の君として天下に君臨することだった。武士の権門、宗派の権門を網羅した天下万民の上に立ち、これをすべからず治める。それが上皇の歩みが到達すべき地点である。

それを可能にする資質のすべてを自分が備えていることを、後鳥羽は自覚していた。確かに、後鳥羽は多芸多才、多方面に卓越した能力と才能を発揮し得る天才的な人物、と言える。

『新古今和歌集』が藤原定家らの撰進によって完成したのは、元久二年（一二〇五）三月である。後鳥羽は二十六歳だった。後鳥羽にとって、勅撰和歌集を世に出すのは、自身の才能を確認するためであった。それは、すなわち、自身が治天の君たることを証する事業となる。歌集に収められている後鳥羽の歌の中に、こういう一首がある。

〈思い出づる　折りたく柴の　夕煙　むせぶも嬉し　忘れ形見に〉

夕暮に亡き人を偲んで焚く柴の煙を、形見と思ってむせび泣くのも、また嬉しいものである。
後鳥羽が愛(いつく)しんだ更衣(こうい)の尾張(おわり)局が、元久元年、皇子を産んで亡くなった。悲しみに暮れた後鳥羽は歌を詠んで慈円に送る。慈円も歌を返した。芯の強い上皇の、感情に溺(おぼ)れる別の一面が窺われる一首である。

そんな悲しみの中で、後鳥羽は琵琶(びわ)に惹かれた。直ちに高名な師について練習し、琵琶の秘曲〈石上流泉(せきじょうりゅうせん)〉を伝授されるまでに至る。ついには、霊力を持つと言われる〈玄上(げんじょう)〉なる琵琶を弾奏し、最秘曲〈啄木(たくぼく)〉の伝授を受ける。

和歌だけではなく、音楽においても、治天の君たることを内外に確認しているのだった。

蹴鞠もまた、後鳥羽にとってはなくてはならぬものだった。年を追うごとに上達し、承元二年（一二〇八）には、ついに蹴鞠の〈長者〉という称号をその道の達人から与えられる。

強靭な肉体に恵まれた後鳥羽は、武芸の達人でもあった。武芸百般に通じ、このため、公卿がわれもわれもと武芸に励み、その中から相撲や水泳の達者が育つ有様だった。

名ある盗賊が検非違使の追及を受けて、舟で川へ逃げたことがあった。

「ならば、われが捕らえてやるわ」

と後鳥羽は自ら捕縛に乗り出した。

船上で仁王立ちになって指揮して盗賊の舟に迫る。そして、櫂を振り上げて盗賊に叩きつけ、首領を捕縛してしまう。

刀剣の制作にも腕を振るった。備前、備中、京から名ある刀工を御所に召し出し、御番鍛冶を設置して、月番で太刀を作らせた。後鳥羽が自ら刃を焼き鍛えることもあった。これらの太刀を〈御所焼きの太刀〉と呼んで、近臣に与えた。太刀には菊の紋が刻まれ、〈菊作りの太刀〉とも呼ばれた。

太刀も武芸も蹴鞠も、治天の君たるには、欠けてはならぬものだった。

治天の君たるには、宮廷に厳格なる有職故実を甦らせる必要がある。そう考えた後鳥羽はこれを一から学び直した。中でも大事なのは宮廷儀礼である。保元の乱以後、これが先例通りに行われることがほとんどなくなっていた。その復興こそが国土安定、護国豊穣を実現させ、ひいては治天の君の支配力を不動のものとする。後鳥羽にはその信念があった。そして、宮廷儀礼の徹底は、朝廷に緊張感をもたらした。

その一方で、後鳥羽は囲碁、将棋、双六、猿楽にも打ち込み、遊楽、遊行、行幸には費用を惜しまない。水無瀬川の離宮に遊女を呼んで、遊興三昧の日々を送る。こうした日々があればこそ、近臣たちも一息つけるのだった。

こうして治天の君への道を歩み続けるには、膨大な費用が必要となる。それを支えているのが、莫大な荘園群だった。

名高いものに〈長講堂領〉がある。これは後白河法皇が御所六条院に建立した持仏堂の寺領と定めたものである。総数は数十か国百二十か所に及ぶ。ある年の総収入は、砂金一〇〇両、米五三八四石、絹一二一六疋、糸四二七四両、綿二〇二五六両、白布二七九〇段、等々と記されている。

「その実態は私の想像を遥かに超え、まるで雲を摑むようなものですぞ」

と大江広元が義時に語ったことがある。

〈長講堂領〉は、後白河法皇の死後、宣陽門院（丹後局が生んだ皇女）に譲られる。後鳥羽の六条宮雅成皇子がその義理の息子となって、実質は後鳥羽の手に握られている。

〈長講堂領〉と並ぶ大荘園群としては、〈八条女院領〉がある。荘園の総数は二二一か所、鳥羽法皇から皇女八条女院に譲られたものだった。後鳥羽の皇女春華門院が女院の義理の子となって、これを譲られる。

承元四年（一二一〇）、突如、後鳥羽はまだ十六歳の土御門天皇を譲位させて、寵愛する弟の順徳天皇を立てた。〈八条女院領〉は、春華門院が亡くなると、この順徳天皇に譲られる。つまり、実質は後鳥羽の手に入ったことになった。

この他にも、歴代の上皇に相伝されて来た多くの荘園があって、その数は先の二大荘園群に勝るとも劣らない。

しかし、地頭制が諸国に敷かれて以降、寄進される荘園が目に見えて減少して来た。地頭が領主の命を無視することも多々あって、朝廷の収入は激減した。それが後鳥羽が直面している現実だった。

「それゆえ、上皇様にとって、長江、倉橋の地頭問題は、重大な意味を持っているのです」

と広元は義時に言った。

義時が広元を大倉邸に招いて、歓談の時を持ったある夕べだった。

「それゆえ、われらにとっても、これは譲れぬ問題、ということになりましょう」

と義時。

「如何にも。しかし、上皇様は三寅様の件で、大きな譲歩をなされたのです。少なくとも、上皇様はそうお考えでありましょう」

「そうかも知れませぬな」

「上皇様は、さあどうする、と尋ねておられるのでしょう」

「広元殿はなんらかの妥協案が必要だ、とお考えでござるのか」

「分かりませぬ。が、このままでは済みますまい」

「うーむ」

と義時は思わず小さい呻きを洩らす。

広元の言うことは道理である。しかし、地頭問題では如何なる妥協も考えられない。とすれば、それに代わるなにかを上皇に差し出すしかない。では、なにを――。

「広元殿になにかよき考えがありますか」

「ございませぬな」

と広元の返答はにべもない。

「これはまた、冷たい」

「ここは義時殿に知恵を絞ってもらわねばなりませぬ」

四

痺れを切らした後鳥羽上皇が、思い切った挙に出たのは七月十三日だった。三寅はまだ鎌倉下向の旅の途中にいる。

かつて、以仁王を奉じて平家討伐の兵を挙げた源頼政の孫頼茂は、京都御所の大内裏を守護する役目についていた。その頼茂と一族郎党が、十三日の早朝、上皇指揮下の武士たちの攻撃を受けて、誅殺されるという事件が起きた。

頼茂は大内（大内裏）の〈昭陽舎〉に詰めていた。攻撃を受けた頼茂は大内の諸門を閉じさせ、承明門だけ開いて合戦に及んだ。しかし、多勢に無勢、次第に追い詰められ、〈仁寿殿〉に籠もり、火を放って自刃する。

火は〈仁寿殿〉だけではなく、〈宜陽殿〉、〈校書殿〉にも燃え移って、累代の宝物などが焼失する。他の多くの建物も飛火した火で焼けてしまった。大内の殿舎が焼失するのは前代未聞のことである。上皇は痛恨の極みの結果を招いたのだ。これに衝撃を受けて、上皇は一か月以上も病牀に臥すことになった。朝廷から幕府への報せによると、頼茂自らが将軍たろうと企てたゆえこれを討伐した、という。

朝廷の報告と前後して、京都警固のため上洛していた、伊賀光季と大江親広からも戦いの詳細を伝えて来た。

戦いは激しいもので、大内の各所で死闘が展開された。矢が飛び交い、刃が煌めき、怒号、喚声が大内を揺るがした。その中を、公卿や女官が悲鳴を上げて逃げ惑い、巻き添えを食った者も少なくない。火が出てからは混乱の渦は一層輪を広げた。

攻撃を掛けて来たのは北面、西面の武士の他、院宣によって動員された在京御家人だった。北面、西面の武士の中にも、名を連ねている在京御家人が多くいる。今回、彼らは鎌倉の意向を確認することなく、上皇の命に従ったのである。

頼茂が謀叛を企てているという情報はなかったし、いまもってその真偽は確かめられずにいる、という報告だった。

奇っ怪な事件である。義時は直ちに幕府上層部による評議を開いた。

頼茂はまこと将軍たろうとしたのか。

上皇の真の意図は那辺にあるのか。

今後、在京御家人の統制をどうするか。

そして、この事件に対して幕府はどう処置すべきか。

問題を整理すれば、そういうことになる。義時はこれら四つの議題を一同に明示した上で、評議に入った。

御所主殿の書院には、北条から政子、義時、時房、泰時、幕府首脳部の広元、三善康信ら、有力御家人では義村らが顔を揃えている。

「最初に、それがしの存念をお聞きいただきたい」

と義時は己の意見を述べた。

頼茂が幕府に背く人物でないことは、義時自身は固く信じている。しかし、上皇は謀叛があったと言う。それを覆す証はどこにもない。上皇は虚言を弄している、と主張することなど、出来ることではない。

「とすれば、この件は不問に付すしか手立がない、ということになり申す。われらに出来ることは、頼茂の残された一族に償ってやることしかないのだ」

「上皇様の真の意図はなんだったのでしょうか」

と泰時が発言する。

「その問には広元殿が答えて下さるだろう」

と義時は息子に笑顔を見せる。

「左様、上皇様はお試しになられたのでしょうなあ」

上皇の一言で、どれほどの戦支度の武士を集めることが出来るか。彼らが如何なる戦闘能力を有しているか、それを実地に試したのではないか、と広元は言った。

さすがは広元だ、と義時は黙って聞いている。政子も口を出さない。

これまでも、上皇が在京御家人を使うことはあった。しかし、それは寺社の強訴(ごうそ)か京の治安維持の場合に限られていた。

時房が言った。

「それがしの千騎に対するご返答でもありますかな」

時房が千騎の軍勢を率いて上洛し、親王下向を上皇に迫ったのは三月だった。

「なるほど、それもありましょうな」

と広元は言う。

「ずいぶん遅いご返事ですな」

と義村が笑う。

「では、なんのためのお試しですか」

泰時が真剣な表情で義時に問うた。

「さて、上皇様のお考えになること、なされることは、われら凡人にはとんと見当もつかぬわ」

頼茂誅討の直後、上皇は不思議な行動に出ている。最勝四天王院を破却させ、近臣藤原忠綱を側から遠ざけてしまった。最勝四天王院では実朝の調伏(ちょうぶく)（呪詛(じゅそ)）が行われた、と伝わっている。

そうした一切を勘案すると、こういうことも考えられる。上皇はなにか途方もないことを企てている。それに気づいた頼茂を討ち、忠綱を失脚させる。そして、その証となり得る最勝四天王院を破却してしまう。

その企てとは、一体、なにか。なにやら不気味なものが幕府に迫って来る気配は感じられる。が、さすがの義時にも、具体的に見えて来るものがないのだった。

「それにしても、在京御家人を野放しにはしておけませぬな」

と義村が言う。

「鎌倉の武士は、頼朝公の時代から、朝廷から直接官位を受けることは、固く禁じられて来た。改めて、すべての御家人にその旨を徹底させねばならぬ」

と義時は答えた。

かつて、義経が、頼朝の許しもなく、後白河法皇から検非違使(けびいし)、左衛門少尉(さえもんのしょうい)(判官)の官位を得た。これが頼朝の激怒を買い、義経失脚の切っ掛けとなった。

「これに違反する者には、厳しい措置も必要になるだろう」

「如何にも」

と義村に異論はない。

「して、向後、執権殿は上皇様にどう向き合われるおつもりか」

と政子が訊く。

「なにもせぬ、それが現状での最上の策ではないか、と考えております」

「なにもせぬのか」

「いま、上皇様は大内の火事で、寝込まれるほどの衝撃を受けておられる。その上皇様が起き上がられたとき、如何なる振舞に出られるか、予想もつきませぬ。ここしばらくは、黙って様子を見るにしくはない、と思うております」

義時は一同の顔に視線を巡らせて、

「なにかご意見があれば、お聞かせ下され」

と言った。

広元と康信が小さく頷き、政子が、

「ここは、執権殿のお考え通りでよろしいのではありませぬか」

と言う。

ここで、茶菓が出て、和やかな雑談となる。政子は直ぐに、

「私は三寅様のお世話をしなければ――」

と腰を上げた。

三寅は大倉邸で育てられている。

八章　承久の合戦

一

　早朝の清々しい陽の光が、境内の樹々の間を切り込むように斜めに射している。頭上では小鳥が囀(さえず)り、飛び交っていた。境内の周辺一帯には、夥(おびただ)しい数の馬が繋がれ、小者たちがその世話に立ち働いている。樹々に囲まれた境内には、装いを凝らした武士たちが寄り集まっていた。京都の鳥羽離宮、その城南寺の境内である。

　承久三年（一二二一）五月十四日、後鳥羽上皇は流鏑馬揃(やぶさめぞろい)と称して、諸国の武士を召集した。北面、西面の武士、在京御家人、畿内、近国の武士千七百騎がお召しに応じて集まって来た。主立った武士には、北面の藤原秀康(ひでやす)、義村の弟三浦胤義(たねよし)らがいる。京都守護として上洛していた大江親広(ちかひろ)の姿もあった。

　一同の前に立った上皇は、

「われは、ここに、義時追討をその方らに命ずる」

と大音声を上げた。

甲高く、よく通る声だった。その一言を耳にするために参集した武士たちだった。

「おう！」

千七百の口から迸り出た応諾の叫びが、境内周辺の樹々を揺るがし、驚いた小鳥が一斉に飛び立った。周辺の馬も驚き、耳を立て、足踏みする騒ぎとなる。境内に広がった武士団の期待と興奮は、留まるところを知らない。

大内裏の建物が焼失したことに衝撃を受けた上皇は、病の床についてしまった。義時は見舞の使者として後藤基綱を送った。

上皇が病牀から起き上がったのは十月だった。上皇は最初に焼失した大内の建物の再建に着手した。しかし、これには巨額の費用が必要だった。周辺から反対の声も聞こえて来る。それでも、治天の君たるには、焼け崩れた建物を放置するわけには行かない。上皇の論理ではそういうことになる。

しかし、幕府の援助は期待出来なかった。諸国の税の徴収も思うに任せない。そんなことから、殿舎、門、廊等の上棟式に漕ぎ着けたのは、翌承久二年の十月だった。そして、十二月、檜皮葺始の後、再建は完了したとし、実質は中止になった。上皇は莫大な無駄遣いをしてしまったようだった。

その後、上皇の頭は義時追討の一事でいっぱいになった。

その朝、義時は大倉邸の寝所を出ると、渡廊を通って三寅の室へ足を向けた。若い頃から義時は寝つきが悪く、寝起きも快適ということはない。それでも、姫前が生きていた頃は、目覚めて顔を合わせるだけで、なぜか幸せな気持がしたものだった。が、後妻の伊賀局ではそういうわけは行かない。ましてや、五十九歳になったいまでは、眠ること自体にも疲れる思いが強い。それでも、義時は精一杯の柔和な顔を作って、三寅の前に伺候する。

三寅の室には、すでに政子が来ていて、女たちと気さくに言葉を交していた。六十五歳になる法体の政子は、どこにでもいる老尼としか見えない。体は少し大きい方だが、道で擦れ違っても、誰も政子とは気づかないだろう、と思われる。政子は若い頃から肌理の細かい美しい膚をしていた。それは老いたいまも変わらず、顔の艶はよく、皺も少ない。

三寅は政子の膝に擦り寄って、膝頭相手に独りで遊んでいる。今年、四歳になり、あれこれと言葉を発することも出来るようになった。

「お早うございまする」

と義時は膝を折って、三寅に低頭する。

「お、は、よう」

と三寅もちょこっと頭を下げる。

「おお、よく出来ましたね」

と政子が褒める。

三寅は恥じるような、誇るような表情を見せる。鎌倉へ下向して、二年近くになる。その間、一度鼻風邪を引いたくらいで、これといった病に罹ることもなく健やかに育ってくれた。親しんだ母親や乳母を慕って泣くこともなく、手の掛からない子だった。自分の立場を赤子なりに感じ取っているのかも知れぬ、と義時は政子に話したことがある。

この間、上皇が大内の再建に情熱を注いでいたせいで、朝廷との間にこれといった波風も立たなかった。その代わりではないが、承久元年の後半から二年の暮に掛けて、鎌倉は火事や天災に苦しめられた。

元年九月、由比ヶ浜（ゆいがはま）の北辺りから出た火が鎌倉中に広がった。危うく御所は免れたが、若宮大路は焼失してしまった。十一月には大風が吹き、新築した義時の邸宅が転倒する騒ぎになった。そして、十二月には大御台御所が失火によって焼けてしまった。

二年になると、二月に二度の大火があって、大町以南が焼け、三月、九月、十月、十二月にも火事があった。七月には近年にない大風雨によって、人家が倒壊し流失して、多数の死者が出た。三寅の父道家が使者を寄越して、三寅のための祈禱（きとう）を願って来たほどだった。

「こりゃ、先代様（実朝）の祟（たた）りじゃ」

「なにか恐ろしい凶事の前兆かも知れぬ」

鎌倉市中でも幕府内でも、そんなことが囁かれた。信心深い政子は、祟り、前兆、という言葉を気に病んで、盛んに寺社詣をする。

「こんなことは、たまたま、悪い籤（くじ）が当たったようなものです。その内、よい籤も巡って参りましょう」

と義時は政子を慰めた。

十二月一日、三寅の着袴（ちゃっこ）の儀式が盛大に執り行われた。こういう時だからこそ、より豪華な儀式にしなければならぬ、と義時は考えたのだった。翌二日、御家人の重鎮小山朝政を上洛させる。三寅の着袴の儀を恙なく済ませたことを、朝廷に報告するためである。実朝亡き後の幕府が、三寅を迎え、新体制を整えて再出発したことを、内外に示すためでもあった。

しかし、上皇が着々と義時追討の策を練っていることに、義時は気づいていなかった。

上皇の密議に預かって来たのは、順徳天皇、皇子の六条宮雅成、冷泉宮頼仁、上皇及び順徳の外戚関係にある公家、院の近臣二位法印尊長、北面の秀康などである。土御門上皇や親幕派の道家、公経などには、密議を隠し通して来た。

順徳天皇はこの企てに自由な立場で参画するため、四月、懐成皇子に譲位する。すなわち、順徳上皇となり、仲恭天皇は四歳だった。

流鏑馬揃のあった五月十四日、上皇は公経父子を幽閉した。その直前、公経は家司の三善長衡を鎌倉へ走らせた。上皇の不穏な企てを義時に伝えるためである。翌十五日、尊長率いる上皇の軍勢千騎が、京都守護の伊賀光季の館を急襲する。大江親広は上皇の誘いを断り切れなかったが、光季は断固これを拒否したのだ。

　このとき、館には百名ほどの郎党がいた。

　光季は彼らに、

「相手は上皇様である。戦えぬと思う者は、構わぬ、直ぐに逃げろ」

　と言った。

　たちまち、手勢は三十名ほどになる。光季は館の門を開け放って果敢に戦った。

敵勢の中に三浦胤義の姿を見つけると、

「なにゆえ、院に対してなんの罪もない者を攻めねばならぬのか」

　と叫んだ。

「世の動きに従うて、院の命により、その方を討たねばならぬ」

　と胤義も叫び返す。

　光季勢は数十騎の敵を討ち取ったが、味方も全滅し、光季はわが子光綱（みつつな）を連れて
寝所に退いて、火を掛けた。

「われとともに旅立とうぞ」

　と光綱を刺し殺して自刃する。

　その日、上皇は〈北条義時追討の院宣〉を発給する。さらに同日付で朝廷から
〈北条義時追討の官宣旨〉を下す。

院の宣旨は、恩賞は思いのままという上皇の副状とともに、義村、朝政、そして時房ら八名に宛てられた。秀康の所従押松が鎌倉に潜入して、この院の宣旨と副状を八名に届ける密命を受ける。

官宣旨は畿内近国、西国を中心にした諸国の守護、地頭に宛てられたものだった。これで、必要以上の動員が果たされる、と上皇も秀康らも信じて疑わなかった。

こうして、承久の乱、と呼ばれる戦乱が始まった。

二

五月十九日、公経の使者三善長衡が鎌倉に入った。京で討たれた伊賀光季も、郎党の一人を急使として義時に送っていた。この急使の到着も同じ日だった。

同日、押松も鎌倉潜入に成功する。二名の使者から事態の急を知らされた義時は、

「押松と申す者、直ちに捕らえて参れ」

と藤馬に命じた。

「心得た」

藤馬は数名の郎党とともに大倉邸を走り出た。押松が立ち回る所は見当がつく。ほどなく、藤馬は葛西谷辺で押松を発見、これを捕らえて所持していた院宣、官宣旨、副状等すべてを押収する。が、押松の言によれば、それらはすでに義村ら四名に届けられた後だった。

しかし、義時にさしたる不安はない。武士たる御家人の権益を守れるのは朝廷ではなく、鎌倉幕府である。すべての御家人がそれを知っている。恩賞に目が眩む者は、いたとしてもごく少数に過ぎない、と考えられる。とはいえ、上皇対義時の戦、ということになればどうか。上皇と朝廷には神がかった権威があり、武士を足踏みさせる恐れは十分にある。ここは思案の必要なところだった。

そこへ、義村が院宣と副状、さらに胤義の書状を携えて大倉邸に駆け込んで来た。

「こういうものが鎌倉に配られておるようでござる。が、義時殿は幕府になくてはならぬお方、なにがあろうともそれがしは義時殿を押し立てまするぞ」

と義村は顔を真っ赤にして息巻いた。

その言に嘘はない。いまや、義村は義時がもっとも頼れる有力者の一人だった。

「では、朝廷と戦うて下さるか」

「おお、この時の来るのをずっと待っていたような気がしますぞ」

そのとき、義時の来るの中に頭を擡げて来たものがあった。長く心から遠ざけていたあの幻が甦って来たのだった。〈武士による天下の政〉、それが実現出来る機がついに訪れたのではないか、と思う。朝廷との戦いに勝てば、必然的にそういう世が生まれて来る。負ければ、即、死である。

やるか、と思った。心が奮い立ち、体が竦み、手が震える気がする。義時は指の長いどちらかと言えば華奢な己の手に視線をやった。その手は堂々と視線を受け止め、指はぴくりとも動いていない。義時は大きく息を吸った。

「とにかく、急ぎ軍議を持つ必要がありましょう」

と義村が言う。

「胤義殿のことは如何するおつもりか」

「兄として恥しい限りでござる。それがしの手で、見事、首を刎ねてやり申す」

「では、それがしはまず大御台様に会うて来ます」

義時は急ぎ新築となった大御台御所に向かった。政子はおおよその事態は承知していた。

「今夕、軍議を開きます。その前にそれがしの話を聞いていただきたいのです」

「なんでしょうか」

一息入れてから、義時は言った。

「この度の戦いは、朝廷と幕府の戦、と捉えたいのです」

「――」

「上皇様は宣旨に、義時を追討せよ、とはっきりと記されておられます。幕府を相手になさるおつもりではないようです」

「いいえ、それは違いましょう。義時を追討せよとは、幕府を倒せ、ということではありませぬか」

なにか言おうとする義時を手で制して、

「いまや、幕府を代表するのは義時殿ではありませぬか。その義時殿を討てとは、幕府を倒せ、と仰せになられているのですよ」

と政子は言った。

「そのように考え、そのように御家人に伝えてよろしいのですね」

「そうでなければ、上皇様のお考えが正しく伝わらぬでしょう」

義時もそう思う。しかし、院宣にしろ官宣旨にしろ、それを目にした者の中には、好きなように解釈する者が出て来る可能性がある。よって、この戦を朝廷の幕府への攻撃と位置づけておく必要がある。義時はそのことに政子の承諾を得ておきたかったのだ。

「それで、義時殿はどうなさる」

「むろん、一歩も退くものではありませぬ」

「長年の片をつけるのですね」

義時は大きく頷き、

「それでは、これから軍議を開きます」

と腰を上げた。

「軍議の前に、私、いや尼将軍として、皆に申し聞かせたいことがあります。皆を御所のお庭に集めてくれませぬか」

「心得ました」

異変が起きたと聞いて、大勢の御家人が鎌倉に駆けつけて来た。彼らを含めて総勢五十名ほどが、御所の庭に参集する。

義時を始め時房、泰時もいる。大江広元、三善康信ら幕府首脳部の面々、三浦義村、安達景盛、小山朝政ら、上皇が院宣を届けようとした有力者もいる。

彼らの前に立った尼将軍政子は静かに語り始めた。

「皆々、心一つにして承るべし。これは私の最後の言葉になるでしょう。故頼朝公が朝敵を征罰して、関東を草創してよりこの方、官位といい俸禄といい、その恩は山より高く海より深く、報謝の思いは浅くはないはずです。しかるに、いま、逆臣の讒により、非義の綸旨が下されたのです。名を惜しむ者は素早く藤原秀康、三浦胤義等を討ち取って、三代の将軍の遺跡を守るべし。ただし、院中に参じたいと欲する者は、只今、ここに申し出るがよい」

政子が口を噤むと、一同の中から啜り泣く声が聞こえる。政子の頬にも光るものがあった。皆が政子の誠心誠意の言葉に心を打たれたようだった。幕府か朝廷か、と選択を迫られて、誰一人、この場を去る者はいない。

それを見定めて、政子は深々と頭を下げ、無言でその場を去った。


軍議は、その日の夕刻、まだ陽が落ちない頃から大倉邸の広間で開かれた。茶菓も酒肴もない、緊張した席になった。列席者は時房と泰時、広元、義村、安達景盛、小山朝政、などである。三善康信は八十二歳、政子の話を聞いた後、極度の疲労のため、軍議に顔を出せなくなった。

義時が口火を切った。

「いよいよ、朝廷軍が鎌倉に攻め寄せて来ること、明白になり申した。むろん、座視して鎌倉を官軍に蹂躙させてはならぬ。ならば、この東西の大戦に如何なる戦術で立ち向かうべきか、各々方の忌憚なきお考えを承りたい。よろしく詮議下され」

義時の肚は決まっている。先制攻撃以外に、この戦に勝つ最良の戦術はない。しかし、義時がそれを口に出してはならないのだ。執権の権威で戦に駆り出されるのと、自らの考えで出陣するのとは、士気の上で大きな差が出る。とりあえず、義時は黙って聞いていなければならないのだった。

最初に意見を述べたのは安達景盛だった。

「朝廷軍が鎌倉目指して攻めて来るのなら、箱根、足柄の関を固めて、一歩も中へ入れぬのが、常套の手立てではござるまいか」

すかさず、

「手緩い！」

と鋭く言ったのは義村だった。

「そうとも言えますまい」

景盛は落ち着いた口振りで、

「敵は長途の進軍をして来るのですぞ。疲れてもいれば、兵糧の心配もござろう。その敵を箱根と足柄で足止めさせれば、これを包囲し、背後から攻めることも叶いましょう」

と言う。

なるほど、と義時は思った。先制攻撃を掛けるには、短期決戦で片をつけなくてはならない、ということだった。長引けば、兵糧の問題、敵に包囲される心配もある。それを避けるには、大軍を擁して一挙に攻め上らなければならない。兵糧問題には、遠い昔、豊後でずいぶん苦労をさせられたものだった。景盛の意見は、先制攻撃の弱点を義時に確認させてくれた。

「これは幕府の命運を左右する大戦でござる。軽々に事を決めることなく、慎重に構えねばならぬ。まず。箱根、足柄の関を守っておいて、情勢を見極めるべきと存ずる」

という意見も出た。

この慎重論に賛意を示す者が結構いるようだった。

義村はこうした慎重論に真っ向から反対した。

「それがしは、大軍をもって、ぐんぐんと攻めて上がって行きたいものでござる。

さすれば、向かうところ敵なしじゃ。それがしが先鋒（せんぽう）を承ろう」

弟胤義のことがあるせいか、義村はやたらと威勢のよい発言に拘（こだわ）った。

「その通りです。攻めねばなりませぬ」

と広元が言った。

広元も七十四歳、眼病を患（わずら）って、ほとんど視力を失っている。

「安達殿のご意見ももっともと存ずるが、防禦（ぼうぎょ）に徹していては、戦が長引くことになりかねぬ。時を経れば、東国武士の中にも動揺が起こるやも知れませぬ。ここは、一途に攻撃しなければなりませぬ」

「大江殿の仰せ、ごもっとも」

と義村はわが意を得て満足気である。

「それも、一日も早い出陣が肝要ではありませぬか」

と見えぬ目を義時に注ぐ。

義時は大きく頷いた。さすがは広元だ、と思う。

広元は武将ではないが、長年の経験から武事についても十分の心得がある。義時も広元も押松から押収した院宣、官宣旨、副状などを読んでいる。そこから考えられることは、上皇はこれから兵を集めようとしているのである。つまり、いまだ戦いの態勢は整っていないことを意味する。恐らく、追討使すら決まっていないのではないか、と考えられる。

上皇や朝廷の権威は東国武士の上にも、決して疎かには出来ない威圧感を与えるものである。戦いが長期戦になれば、彼らの中に敵対することの恐怖心が生まれて来る。

そのことを慮って、政子は御所の庭での説諭の中で、上皇の非を責めてはいない。この戦は逆臣の讒言によって引き起こされたのだ、と言っている。朝廷が攻めて来る、これを打ち破らなければ幕府は潰れる。そういう危機感の中で、一挙に勝負をつけることが必要なのだ。

いずれにしろ、朝廷軍が態勢を整え、追討使を決めて、攻めて来るにはかなりの時が必要と思われる。そうした一切を踏まえて、広元は即時出陣を言っているのだ。義時には付け加えることはなにもない。

「よし、それで行こう」

「即、出陣だ」

そんな賛成の声が上がって、

「執権殿は如何お考えか」

と義村が訊く。

「ご一同がそうお考えなら、それがしにはなんの異論もござらぬ。が、決める前に、大御台様のお耳に入れておきたいと存ずる。暫時、お待ち下さい」

義時は腰を上げ、

「暗くなって来ましたな。灯(ひ)と茶菓でも運ばせましょう」

と言った。

大御台御所で軍議の成り行きを案じていた政子は、義時の報告を受けて、大きく頷いた。

「京に攻め上らねば、勝機は摑めませぬ。武蔵国の軍勢が到着次第、直ちに出陣しなければなりませぬな」

と出撃作戦を推した。

義時は軍議の席に戻って、政子の言葉を伝え、即時出撃案が軍議の結論となる。忙しくなった。脳裏にちらつく幻が、次第に具体的な形に変貌しつつある。

あれは幾つの年だったのか、とふと思う。確か十六歳だった。義時は頼朝と晩秋の狩野川の辺を散策していた。樹々が紅葉し、心地よい風が吹いていた。

そのとき、頼朝が口にした〈武士による天下の政〉という言葉が、流星のように義時の中に流れ込んで来た。院、帝、公卿、そして朝廷の介入を許さない武士による政治。それがどういうものか分からないまま、幻となって義時の中に棲み着いた。そして、それは義時が歩んで行くべき道標（みちしるべ）となった。

その後、幻は近づいたり遠のいたりしながらも、決して消え去ることはなかった。そして、その幻を追うことには、確かな現（うつつ）の喜びがあった。

そんな甘美な思い出に耽っていたのは、ごく僅かな時だった。義時にはなさねばならぬことが山積している。まず遠江（とおとうみ）、駿河、伊豆、甲斐、相模、武蔵、安房（あわ）、上総（かずさ）、下総（しもうさ）、常陸（ひたち）、信濃、上野（こうずけ）、下野（しもつけ）、陸奥（むつ）、出羽（でわ）等、つまり東日本の諸国の有力豪族のすべてに、執権の下知状を発した。

〈京都より板東を襲う風聞あり、よって北条時房、北条泰時は軍勢を率いて出陣する。また北条朝時（ともとき）を北国へ差し向ける。このこと、一族郎党に周知させ、速やかに出陣すべし〉

この下知状と義時の事細かい指示を胸に、多くの使者が四方八方へ馬を走らせた。

義時は鎌倉出陣の軍勢の編成も決める。時房、泰時、朝時も出陣の準備に忙しい。幕府内は極度の緊張の中に騒然としていた。

義時は藤馬を呼んで、

「その方に頼みがある。泰時を頼む」

と言った。

「承知」

と藤馬は答える。

「泰時には短気なところがある。怒りに任せて、命を省みないこともあろう」

「心得ており申す」

藤馬もいつしか五十代の半ばに達していた。が、老いる暇も与えられぬのか、陽に灼けた顔は、昔の精悍さを留めている。身のこなしにも一向に衰える兆しはない。その藤馬が付いていれば、泰時の身になんの心配もない。

「済まぬのう」

ふと、詫びの言葉が口から出た。

藤馬は無表情に聞き流す。

なんでもかんでも、厄介事は藤馬に頼む癖がついて、もうどれほどの月日を経たことか。その中には、一命に関わることも多くあった。が、藤馬は当然のごとく義時の命に従って来た。それほどの恩を売っているとは、到底、義時には思えないのだ。

「押松の処置は如何なさる。斬りますか」

と藤馬が訊く。

義時は、少時、考えて、

「斬る必要はない。そうだな、わが方の軍勢が京に近づく頃、解き放ってやるよう手配しておいてくれ」

「心得ました」

藤馬は頭を下げて、義時の居室を出て行った。

五月二十一日、再び、軍議を開く必要が生じた。出陣と決まって二日で、様々な噂が鎌倉に伝わって来て、有力者の間に不安の兆しが見え始めたのだ。

「本拠地たる鎌倉を離れ、遠く京へ攻め上がるのは如何なものか。再度、熟考すべきではないか、という意見がそれがしの耳に入り申した。よって、いま一度、方々のお覚悟のほどを確かめたい」

と義時は一同に言った。

すると、義時の言葉が終るのも待てなかったかのように、広元が発言する。

「僅か二日でそのような異論が出るようでは、こうして武蔵の軍勢を待っている間にも、その武蔵国に怯む者も出て来ましょう。急がねばなりませぬ。泰時殿ただ一人であっても、今夜にも出陣すべきではありませぬか。さすれば、われもわれもと先を争うて軍勢が集まって参りましょうぞ」

「同意！」

と義村が大声を発する。

それに呑まれたのか、反対を唱える者は誰もいない。そこへ、三善康信が政子に連れられて、杖に縋って姿を見せた。

「私が無理に来ていただきました」

と政子は一同に告げる。

康信は室の端に座り込むと、弱々しい声でこんなことを言った。出陣、と聞いて楽しみにしていたところ、なにもせずにこのような議論に時を過ごす。これは幕府の怠慢というものである。なにをおいても、大将軍たる者がまず進発すべきである、と。

義時は一同に笑顔を見せて、

「これは、宿老お二方にいかいお叱りを受け申した」

視線を泰時に向けて、

「その方、明朝、一騎にても出陣いたせ」

と命ずる。

「心得申した」

義時は、再び、視線を一同に巡らせて、

「これでよろしいかな」

と念を押す。

「それがしも、直ちに出陣の支度に掛かりまする」

と義村が言う。

それで、軍議の結論が出たことになった。

翌五月二十二日はあいにくの雨だった。小雨降る中、泰時以下十八騎が卯の刻（午前六時）鎌倉を出陣する。泰時に従うのは北条一族と郎党、そして藤馬だけだった。別れに際、義時は、

「この度の合戦に、われら後ろ暗きこと一点もない。心を強く持って奮戦せよ。勝たずして、再び、箱根の山を越えるでない」

と十八騎に言った。

「出陣！」

泰時が号令を掛け、

「おう！」

と騎乗の十八騎は飛沫（しぶき）を上げ、東海道を目指して走り去る。

それを見送って、ついにこの日が来たのだ、と義時の感慨には格別のものがある。これが成らなければ、死、あるのみだ。

その日の内に時房、義村らも軍容を整えて鎌倉を発した。

これを知った諸国の御家人が続々と集まって来て、鎌倉軍は東海道、東山道、北陸道合わせて十九万騎の大軍となる。義時の立てた軍容の編成は、

東海道十万騎　大将軍は時房、泰時、義村等六名

東山道五万騎　大将軍は武田信光等四名

北陸道四万騎　大将軍は朝時等三名

だった。

東軍が大軍を擁して出陣したとの報が伝わると、上皇始め近臣たちは俄に色めき立った。これほど迅速に鎌倉幕府が兵を徴集したことに、恐怖さえ覚える者もあっ

た。

　上皇も近臣たちも、宣旨、というものの神憑（かみがか）った威力を信じ切っていた。

〈ひとたび、宣旨が出れば、開いていた花も落ち、枯木に花が咲く〉

と言われていたのだ。

　その上、挙兵二日で京都守護伊賀光季を屠（ほふ）って、朝廷軍の士気は上がっていた。

　上皇の御前会議では、そんな発言が喜ばれた。

「義時が朝敵となっては、彼の者に従う兵は千に満たぬでしょう」

　三浦義村の弟胤義が上皇側に身を置いているゆえ、義村への期待も大きかった。

「日本国の武士がなんで上皇様の仰せに背くことがありましょうや。兄義村などは、上皇様が総追捕使にしてやるとでも仰せになれば、喜んで参上いたしましょう」

　と胤義は言ったものだった。

　この発言は上皇を喜ばせ、

「これは、よい」

　と上皇は大笑いした。

　しかし、楽観していたほど、畿内近国から兵は集まらなかった。業（ごう）を煮やした西面の武士が、募集に応じようとしない荘官の屋敷に火を放つようなこともあった。ある地方では、土地の武士たちが山へ逃げ込んだ例もある。が、そうした出来事は一切上皇の耳には入らなかった。

上皇は、宣旨を見た御家人が立ち所に義時の首を掻(か)き斬って、捧げて来る日を今日か明日かと待ち侘びていた。そこへ、大軍出撃の報せである。

さらに、六月一日夜、押松が京に帰り着いた。院御所の庭に姿を現して、秀康を介して義時の上皇への言伝(ことづて)を正確に伝えた。

「東海道、東山道、北陸道の三つの道より、十九万騎の東国の若き武士を上洛させまする。よって、西国の武士をお召しになって、合戦させ、それを御簾(みす)の隙間からご覧あれ」

と義時は言った、という。

鎌倉軍の進撃はもはや疑いようがない。

六月三日、時房が遠江の国府に着いた、という報が朝廷に入った。そこで、公卿僉議(せんぎ)（殿上で行われる公卿の評議）が開かれ、北陸、東山、東海への軍勢の派遣が決定され、秀康が追討使に任じられた。秀康は早くから〈滝口の切れ者〉と呼ばれ、検非違使に任じられている。

総軍勢は一万九千三百騎、秀康、秀澄兄弟ら院近臣の武士、胤義ら在京御家人、西面の武士、山田重忠ら美濃、尾張の武士らが集まった。が、鎌倉軍の十分の一に過ぎない。

三

鎌倉軍の士気は高く、信濃の武士、市河氏などは大将軍朝時の到着を待たずに出撃する。越後と越中の境、親不知（おやしらず）を突破して前進を続けた。

義時はその報を得るや、市河氏の功を賞する書状を送った。それには、〈一人残らず敵を殲滅（せんめつ）せよ。山に逃げ込めば、山狩りをしても召し捕れ。敵を掃討せずに功を焦って上洛しようとするでない〉

という指令が記されていた。

六月五日、東海、東山両道を進んで来た鎌倉軍は、尾張一宮で軍議を開いて、攻撃の分担を決める。朝廷軍は木曽川沿いの幾つもの木戸に柵を設（しつら）えて、そこを防衛線として死守する構えである。鎌倉軍はなんとしても木曽川を渡河しなければならない。

これが鎌倉、朝廷両軍の最初の合戦となる。鎌倉軍は兵力においては圧倒しているが、この初戦には必勝しなければならない。時房は改めて功ある者に与える具体的な恩賞を各隊に明示した。

同日、大井戸、河合で戦いが始まり、東山道軍が渡河に成功、さらに下流の鵜沼に向かって進撃する。敵は奮戦するも、主立った武士が討死し、多くの兵が討ち取られて敗走した。

鵜沼を防禦していた朝廷軍の神地某が、命ほど大事なものはないと語らって、泰時の許に出頭した。ところが、泰時は烈火のごとく怒りを露わにして、

「弓矢の道に生きる武士なら、京方につけば最後まで京方、鎌倉方につけば最後まで鎌倉方であらねばならぬ」

と神地父子ら出頭して来た九名をその場で斬罪に処した。

六日早朝、泰時麾下の若侍衆が一挙に渡河に成功して摩免戸を打ち破る。矢を放つこともなく敗走する敵の中で、山田重忠一人が踏み留まって戦い続けた。が、やがて、多勢に抗する術もなく敗退する。山田重忠は美濃源氏の末裔である。

重忠は諦めていなかった。三百騎を糾合して、東海道と東山道が合流する杭瀬川（くいせがわ）に向かう。武蔵七党の児玉党と出会（でくわ）した。児玉党は三千の兵を擁している。

「われこそは美濃と尾張の境に住する、六孫王の末、山田次郎重忠なり」

と名乗りを上げた。

「おう！」

と児玉党が応ずる。

「掛かれ！」

重忠の一声で、山田勢が騎虎（きこ）の勢いで襲い掛かる。騎馬も徒も怯むということを知らない。児玉党百騎を討ち取った。山田勢も四十八騎が討たれた。

その後も、敵が騎馬で攻めて来くれば退き、退けば攻めに転ずる重忠の巧みな戦法で、山田勢は戦い続けた。

「命を惜しむな」

と重忠の声が戦場に響き渡る。

しかし、兵力の差は歴然としている。重忠は生き残りの兵とともに都へ落ちて行った。

美濃の合戦は僅か二日で鎌倉軍の圧勝で終った。

六月七日、東海、東山両道の首脳部は美濃の垂井の宿で軍議を持った。北陸道軍の到着を待つことなく、京を目指して進撃することを決する。その陣立は二軍を五軍に編成して、瀬田、手上、宇治、芋洗、淀渡をそれぞれ目指すこととする。瀬田には時房、宇治は泰時、淀渡は義村が当たることに決め、鎌倉軍は大挙して上洛の途についた。

六月八日、北陸道を進撃して来た朝時らは、越中の朝廷方と合戦となり、これを撃滅する。北陸軍も着々と京に向かっていた。

この日、秀康は傷を負った身で帰洛し、木曽川合戦の敗北を奏上する。院中は騒然となり、直ちに二位法印尊長の邸で軍議が開かれた。洛中は上下貴賤を問わず、人々が逃げ惑う騒ぎとなった。

軍議の結果、瀬田、宇治方面を最後の防衛線と定め、生き残った全軍で防衛することが決まる。また、上皇自らが比叡山に登り、僧兵の派遣を要請することになった。

夕刻、上皇は甲冑を着けた尊長始め公卿らを供にして院を出る。幼い仲恭天皇、二人の親王も随行する。上皇は西坂本の梶井御所に入って、延暦寺へ使者を送った。

九日、延暦寺の返答が届く。

〈衆徒の微力では、鎌倉軍の脅威を防ぐことは叶いませぬ〉

つまり、援軍要請を拒否する、というものだった。

一部の悪僧が上皇の命に従っただけで、十日、上皇は虚しく院に戻る。そして、幽閉していた西園寺公経父子を解き放つ。公経を使って、鎌倉軍との和平交渉の道を探ろうという腹づもりだった。

その一方で、十二日、瀬田、宇治方面防衛の陣容を決定して、朝廷軍全員を派遣する。瀬田には山田重忠を当て、宇治は名だたる近臣の公卿、そして、大江親広と三浦胤義は食渡を防衛することになった。総軍勢二万余騎。

その六月十二日、時房、泰時らは東海道の宿駅野路近辺に布陣し、しばし、休息を取った。酒宴が開かれ、和やかな気分が将兵の心を安らげる。そこへ、幸島行時なる武士が郎従を引き連れて、泰時の許にやって来た。同じ東海道軍だが、泰時の

傍らで戦い死ぬのが本懐だ、と言う。泰時は大喜びして、行時を酒宴の上座に座らせ、酒杯を与えて、

「ならば、ともに死のうぞ」

と酒杯を空けた。

こんな泰時の気さくで思いやりのある振舞が、兵の士気を振るい起こすのだった。

翌十三日は雨だった。梅雨の雨の中、時房は瀬田、泰時は宇治へ進撃する。そして、義村らは淀渡、芋洗へ向かった。

時房勢が瀬田に着くと、重忠が橋を挟んだ対岸で待ち構えていた。橋の中程の橋板を二間（約三・六メートル）ほど引き剝がし、盾を並べ鏃をこちらに向けている。その兵力、約三千騎。橋を渡って、これを突破しなければならない。

「行くぞ！」

味方が橋板が落とされた橋桁を渡ろうとすると、敵は一斉に矢を放って来る。さらに徒戦に慣れた悪僧が、橋桁の上で薙刀や大太刀を巧みに操って、味方の兵を橋から突き落とす。瀬田川は雨で増水して濁流となっていた。苦戦である。

これを見た宇都宮頼業は、敢えて橋を渡ることを避けた。橋より一町（約一〇九メートル）ほど上流に隊の陣を置き、川端から遠矢を射る作戦を執る。すると、敵方も遠矢を放って来る。その一本が頼業の兜に当たった。

その大矢には〈信濃国住人 福地十郎俊政〉と記されている。負けじと頼業も力いっぱい大矢を射た。その矢が三町も飛び、重忠の膝すれすれの地面に突き立った。驚いた重忠は身を退いた。さらに、頼業隊は舟で渡って来る敵勢を、矢で射止めて渡河を許さなかった。

時房は、一旦、戦いを中止することを決意した。かなりの兵を失い、矢も尽き、埒も明かない。時房は橋上からも川端からも兵を退かせて、明日を期することにした。

宇治へ進軍した泰時勢は、平等院に本陣を置いた。雨が激しく、川は増水し、流れも速い。これでは難しい戦になる。泰時は明朝を待って総攻撃を掛けることにする。

ところが、義村の息泰村と足利義氏が功を焦って、独断で宇治橋攻略に向かった。対する朝廷勢は近臣の公卿、源有雅、高倉範茂らが大将軍に任じられて守っている。その兵力は、熊野、奈良の悪僧を加えて一万。

ここも橋板は剝がされていた。が、そんなことで怯む泰村、義氏ではない。自ら先頭に立って、力押しに橋桁を渡ろうとする。朝廷方が一斉に矢を放ち、激しい雨の中、味方の兵が次々と矢に射られる。

橋桁の上で激しい白兵戦が展開された。中でも、朝廷方の奈良法師の覚心(かくしん)、円音(えんおん)の活躍が目覚ましい。大薙刀(おおなぎなた)を振るい、橋桁の上を飛び跳ねるように自在に動き回って、味方の兵を川へと叩き込む。

「おのれ、悪僧め。おれが討ち取ってくれるわ」

泰村が名乗りを上げて挑むが、騎馬の戦いでなければ力が発揮出来ない。苦戦を強いられた。

本陣の泰時は、味方が宇治橋で苦戦していると知ると、直ちに橋に駆けつけた。泰村らは橋上で明らかに無理な戦いに挑んでいる。

「退け!」

と泰時は叫んだ。

が、橋上にまで声は届かない。その間にも矢は間断なく飛んで来る。藤馬が無表情に飛来する矢を払う。泰時は伝令を走らせて、やっと泰村、義氏らを退かせた。

翌十四日、雨は止んだ。が、濁流は水量を増し、渦巻くように流れを速めている。しかし、ここを渡河しなければ、朝廷軍を打破出来ないことは明白だった。

「芝田兼義(かねよし)を呼べ」

と泰時は側近に言った。

まだ夜明け前である。芝田兼義は水練の達人だった。伺候した芝田に、

「その方、川に潜ってよき渡河地点を探って参れ」

と命ずる。

「承知」

芝田は南条七郎と二人で川端を見て歩き、少し下流の真木島(まきしま)までやって来た。濁流が飛沫(しぶき)を上げて流れている中に、流れが二股に分かれている箇所がある。その瀬にいた土地の者らしい老人を捕らえて、芝田は浅瀬の場所を聞き出した。怯えている老人を、芝田はその場で斬り捨てた。浅瀬を聞き出したという情報が洩れては、大事になるからだった。

芝田は抜身を口にくわえて、中州の真木島まで泳ぎ渡った。すると、直ぐ手前の対岸に敵が屯しているのが見える。夜が明け始めていた。

よし、と頷いて、芝田はとって返すと、泰時に報告した。

「よくやった」

卯の刻過ぎ（午前六時半）、泰時は芝田を先導役にして渡河を命じた。

まず芝田が馬を乗り入れ、佐々木信綱が続いた。信綱は義時から賜った駿馬〈御局〉を駆って、芝田を追い越した。中州に着く手前で、

「近江国住人、佐々木四郎信綱、今日の宇治川の先陣なり」

と大音声で名乗る。

続いて、芝田も、

「奥州住人、芝田橘六兼義、今日の宇治川の先陣」

と高々と名乗る。

これを見て、泰時勢が轡を並べて流れに突入した。朝廷方はこれに気づいて、一斉に矢を射掛けて来る。それ以上の強敵は、濁流の水量と流れの速さだった。たちまち、流れに呑み込まれて、百名ほどが犠牲になった。明らかに敗色濃厚である。

泰時は嫡男時氏を呼び寄せた。凜々しい若武者である。

「その方、速やかに渡河し、敵中に斬り込んで命を捨てよ」

と泰時は命じた。

「心得申した」

時氏は決死の表情を浮かべ、郎党六騎を率いて川へ突入した。これを見た三浦泰村の主従五騎も川を渡る。泰時自身も川に向かって駒を進めたが、

「なりませぬ」

と藤馬が手綱を取った。

「放せ！　おれが行かなくてなんとする」

「御大将が自らを危険に晒すことなど許されませぬ」

と藤馬は頑として手綱を放さなかった。

川に入った時氏主従は、中州にいた佐々木信綱と同時に対岸に上陸する。信綱は朝廷方が川の中に張り渡した太綱を一刀のもとに切断して、時氏の上陸を助けた。芝田は馬を射られて流されたが、自力で泳ぎ渡って対岸に辿り着いた。

時氏は北条の旗を高々と掲げて、ここに朝廷方との激闘が展開される。泰時勢は民家を壊して筏（いかだ）を作り、これによって続々と対岸へ渡った。

対岸一帯は史上稀（まれ）に見る激戦の場となった。馬が駆け、ぶつかり合い、兵が走り、これを追う。一騎対一騎、組み討ち、取り囲んで討ち取る等々、敵も味方も入り乱れて血みどろの白兵戦が展開された。

その内、真木島に貯蔵されていた朝廷方の兵糧が発見され、これを泰時勢が入手して歓声が上がる。この兵糧確保が泰時勢の士気を高め、朝廷方の士気を挫(くじ)いた。

戦況は一変し、奈良、熊野の悪僧が組み伏せられて首を刎ねられ、朝廷方の兵は騎馬で逃走、あるいは馬を置き去りにして逃げ去る。大将軍の源有雅と高倉範茂も戦場を後にする。残った将兵は新たに将軍を立てて抗戦するが、ほとんどが討死する。弓矢を捨てて川の北へ逃げ、農家に隠れる敗兵もいた。時氏はこれを追い、火で炙(あぶ)り出して皆殺しにする。

夕刻には、宇治の合戦は泰時勢の大勝利で終りを迎えた。

一方、瀬田でも時房勢が優勢に戦いを進めた。材木や板切れを多く用意し、これを橋桁の上に渡して、一挙に橋の占拠に成功したのだった。重忠は声を嗄らして将兵を叱咤し、よく防戦した。が、宇治橋の壊滅が伝わると、夜を前に陣を捨てて帰京する。

淀渡、芋洗でも義村らが朝廷方を撃破した。

こうして、宇治、瀬田、淀の合戦は鎌倉軍の圧勝で終結する。

泰時は深草河原に本陣を置いて、西園寺公経が遣わした使者三善長衡(ながひら)と会見した。明朝入京することを伝え、公経の邸を警固するために先遣の兵を上洛させる。

十五日早朝、東海、東山両道軍は入京を果たした。これに対して、敗走した朝廷軍は各所で最後の決戦を挑んだ。

三浦胤義は、未明、山田重忠や朝廷軍の大将軍らと院御所の門前に参上して、合戦に敗れたことを奏上した。

「門をお開け下され。御所にて鎌倉軍を待ち受け、戦して討死いたしまする。よろしくご覧下され」

と胤義は大音声で訴えた。

ところが、上皇は側近を通じて、

「その方どもが御所に入らば、鎌倉の武者どもが御所を包囲して、われを攻めることになろう。いまはどこへなりと立ち去るがよい」

と返答する。

胤義は驚き呆れ、上皇の誘いに乗った己を呪って東寺に立て籠もった。やがて、兄義村の掲げる〈黄村紺〉の旗を目撃すると、大声で義村に呼び掛けた。義村は相手にしない。

「これまでか」

と叫ぶと、胤義は東寺から討って出た。

義村勢に襲い掛かったが、間もなく敗れ、自刃して果てた。

生き残った西面の武士も最後の戦いを挑んで死んで行った。

山田重忠は鎌倉軍十五騎を討ち取るが、自軍の損害も大きく、嵯峨へ落ちて自刃した。

大江親広は逢坂関（おうさかのせき）の辺りで姿を眩ました。二位法印尊長は何処ともなく行方を絶ち、藤原秀康も姿を消した。

鎌倉軍は深草、伏見、あるいは東山、北山、東寺と四方から入京を果たした。一万騎または五千騎と、旗を翻（ひるがえ）して乱入する。公卿も北政所も、女房も官女も、公家に仕える侍までも悲鳴を上げて逃げ惑う有様となった。

敵対した公家や武士の探索が徹底して行われ、寺社にも捜索の手が伸びる。彼らの家屋敷は残らず焼き払われ、その火が燃え広がって、随所で火災が起きる。抵抗する者は囲まれて嬲（なぶ）り殺しだ。恣（ほしいまま）に略奪が行われ、女が拉致（らち）される。人々は悲鳴を上げて逃げ惑い、これを鎌倉軍の兵が面白がって追い回す。こうして、洛中は火と虐殺（ぎゃくさつ）、略奪と凌辱（りょうじょく）の地獄となった。

泰時、時房、義村らが六条河原で勅使と対面したのは、辰の刻（午前八時）だった。勅使が持参した勅定によると、

一　今回の大乱は叡慮（後鳥羽上皇の意思）によるものではなく、謀臣が引き起こしたものである。よって、

一　義時追討の宣旨を撤回する

一　京都における乱暴狼藉を禁止する

一　一切を申請通りに聖断を下す

というものだった。

「謹んでお受けいたす」

と泰時は了承した。

義村は関東の命を受けているとして、大内裏の守護に先の守護源頼茂の子、頼重を遣わすことを告げた。

巳の刻（午前十時）、鎌倉軍は六波羅に入った。やや遅れて、朝時率いる北陸道勢も入京を果たす。

その後、鎌倉軍による残党の掃討は長く厳しく行われた。行方を眩ました藤原秀

康以下を追討せよ、との院宣も出された。彼らは南都に潜んでいたが、十月六日に捕縛され、秀康、秀澄兄弟は六波羅に護送されて斬罪に処される。

首謀者とみられる、院近臣の公卿源有雅、高倉範茂ら六名も捕らえられる。彼らは鎌倉へ護送される途中、五名が誅罰され、一名は流罪に処された。上皇に荷担（かたん）した公家たちの処罰も厳しいものだった。

首謀者の一人、二位法印尊長が京で捕縛されたのは六年後である。尊長は自殺を図ったが死に切れず、連行された六波羅で死んだ。

大江親広は父広元の功績が考慮されて助命される。

六月十六日、泰時は戦勝報告の使者を義時に派遣した。今回の合戦における鎌倉軍の死者は、一万三千六百二十人に上り、勲功を与えられるべき者は、一千八百人になる、と使者は報告した。合わせて、泰時は戦後処理の指示を義時に仰いだ。

四

泰時の使者は、六月二十三日未明、鎌倉に着いた。これまでも、日々、戦況の報告が義時の許に届いていた。戦のおおよその進行具合は、義時も承知している。そして、ついに鎌倉軍は大勝利を収めたのだった。泰時も時房も義村も生きている。藤馬も無事だった。

　大倉邸で泰時の報告書を読み終えると、体が震えて来るほどの喜びが沸々(ふつふつ)と込み上げて来た。義時は鎌倉に待機している幕府首脳部、有力御家人を呼び集めた。政子が真っ先に駆けつけて来た。

「大勝利でござる」

と義時が口にすると、

「おおっ！」

という歓喜の叫びが広間を揺るがした。

「この義時、いまは思うことなし。義時が果報は、帝王の果報に勝ること疑いなし。一介の名もなき武士に生まれて来た身が、各々方のお蔭をもって――」

　後は言葉にならない。政子は泣いていた。

「お目出度うございまする」

と大江広元が一同を代表して祝意を述べた。

「有難き幸せ」

と義時は頷く。

おれは、まこと、あの幻を現実のものとして、手中に収め得たのだろうか。本当にそうなのか。なんだか、いまこそ夢を見ているようではないか。早まるでないぞ。感慨に耽るのは先のことだ。まだ、終ってはいないのだ。やらねばならぬことが、山とあるではないか。

義時は瞬時に己を立て直した。その日の内に指図すべき内容を決め、広元が平家滅亡の先例に基づいて、それを文書に纏め上げる。翌二十四日寅の刻（午前四時）、使者として安東光成（みつなり）を京へ向かわせた。義時の下した戦後処理は厳しいものだった。

後鳥羽上皇は隠岐（おき）へ、順徳上皇は佐渡へ島流しとする。

土御門上皇も自ら望んで土佐へ流される。

後鳥羽上皇の皇子、六条宮雅成は但馬へ、冷泉宮頼仁は備前に配流と決まる。

在位僅か七十余日の仲恭天皇は廃位され、後鳥羽上皇の兄 行助法親王（ぎようじよ）の子が玉座に着くことになった。すなわち、後堀河天皇である。天皇は僅か十歳に過ぎない。

行助法親王が後高倉院として院政を開始する。これは西園寺公経の強い要望による。以後、公経が幕府の意を受け、太政大臣として朝廷を支配することになる。三寅の父九条道家は摂政になっていたが、乱後、辞任する。

後鳥羽上皇の手にあった膨大な荘園はすべて幕府が没収し、のち後高倉院に寄進される。しかし、その最終的な支配権は幕府が握っていた。

朝廷側についた公家、武士の所領三千余か所も、すべて幕府が没収した。没収した所領には、戦功のあった鎌倉軍の武士たちが地頭に任命された。こうして、幕府の勢力は畿内近国にも浸透して行った。

泰時と時房はその後も京に留まった。朝廷の監視、乱後の数々の措置、畿内近国と以西の御家人の統制など、やらねばならぬ仕事が次から次へとあった。

やがて、彼ら二人は六波羅探題（たんだい）と呼ばれる。以後、六波羅探題は北条氏が務め、幕府執権に次ぐ重要な地位となる。

かくして、武士が天下を治める新しい時代が始まったのだった。その頂点に立ったのが執権義時である。

後鳥羽上皇は、七月六日、身柄を鳥羽離宮に移された。隠岐への旅立ちの日が近づいて来たのだ。十日、北条時氏が鳥羽殿（でん）に赴いて、弓の片端で御簾（みす）を掻き上げて、

「君は流罪におなりになりました。早々にお出まし下され」

と言った。

余りのことに、上皇は声を失った。

十三日、鳥羽殿を出立、出雲国に着き、風待ちをして、八月五日、船で隠岐島に渡る。隠岐島は島前と島後、そして多数の小島からなる。上皇が流されたのは島前の中ノ島だった。船は島の南東部の崎（さき）という港に着いた。

晴れた日で、船が出たときから、前方の海上に隠岐の島影が上皇の目に映っていた。佇立（ちょりつ）した上皇は口を固く結んだまま、島影を凝視して動かない。供奉を許されたのは二、三の近臣と女房だけだった。

中ノ島の阿摩（あま）郡にある源福寺に作られた〈黒木（くろき）御所〉が上皇の在所となる。黒木御所とは荒木の材木で作られた御所を意味する。人里離れた島の中で、眺望の先にあるのは海、海、海だけである。上皇はついに島を出ることなく十八年を過ごすことになる。

その十八年は和歌と仏道修行の日々だった。幕府は都人（みやこびと）が島を訪れることは禁じたが、書状、詠草（えいそう）、歌書のやりとりは認めた。それらを十分に利用して、上皇は『遠島百首』など数々の著作を残した。『遠島百首』の中の一首である。

〈我こそは　新島守よ　隠岐の海の　荒き浪風　心して吹け〉

自身を憐れんで詠んだのか、いまなお治天の君たる気概を詠んだのか、それは誰にも分からない。

享年、六十歳だった。

承久の合戦一年後の一日、義時は見舞を兼ねて広元邸に足を向けた。広元邸は六浦路を大倉邸から半里（約二キロ）ほど東に行った先にある。近くに大慈寺がある。かつて、梶原景時の邸が道を挟んで斜め向かいにあった。広元は昨年から病勝ちだが、このところ寝込むことが多くなっていた。

供は手綱を牽く藤馬一人である。梅雨晴れの日で、高い陽射しは厳しい。馬上にある義時にはそれがさほどに感じられないほど、なんとなく体の具合がよろしくない。頭もぼんやりしているようだった。

「藤馬」

とふと思いついて声を掛けた。

「はっ」

と藤馬が義時を見上げる。

「その方、幾歳になった」

「さあ、歳など数えたこともござらぬ」

義時は、貞応元年（一二二二）のこの年、六十歳になる。

「その方も五十の坂を半ば越えたはずじゃ。どうだ、そろそろおれの許を離れて、侍として一家を構えては」

「一向に気が乗りませぬな」

「どうもおれには分からぬ」

「なにがでござる」

「その方は、所領にも銭貨にも位階にも欲がない。美しい女子にも興がないようじゃ。一体、なんの楽しみがあって、生きておるのか」

藤馬は無表情に手綱を牽いている。

「藤馬、そなた、もしかすると、あの戦で大事な逸物に傷でも負うたのではないか」

藤馬は声を上げて笑った。

「男児の誇りを傷つけられては、黙ってはおられぬ。わが見事なる逸物は、鎌倉でも京でも女子どもを立派に泣かせており申す。ご心配、無用」

「そうか、それは結構。ならば、おれがよき女子を見つけてやるゆえ、妻を娶って一家を立てろ。鎌倉でなくてもよい。豊後がよいなら豊後へ帰るがよい」

「その儀は固くお断りいたす」

藤馬が些細なことを恩に着て、生涯、義時を守り抜く、と心に決していることは分かっている。お蔭で、義時は幾度となく危機を救われ、泰時も命を守られた。それればかりか、藤馬に難しい仕事を押しつけても来た。が、これ以上、藤馬を縛りつけておくわけには行かない、と義時は近頃つくづくと思うようになった。

「藤馬、おれはその方の顔を見飽きたのよ。分かるか。頼むゆえ、おれから離れてくれぬか」

「残念ながら、殿の思し召し通りには、事は運びそうにありませぬな」

「ならば、叩き出してくれようぞ」

「結構。邸においていただけぬのなら、出て行きましょう。なれど、殿のお側には、必ずそれがしがおりまするぞ」

義時は馬上で大袈裟に溜息を洩らした。

「側近の者も郎党も、われらを妙な目で見ておるのが分からぬか」

「一向に」

「——」

「妙な目とは、はて、なんのことでござろうか」

義時はなにも言わない。藤馬を相手に喋ったことで、少し頭がすっきりしたような気がする。藤馬がどう思おうが、侍として一家を立てさせねばならぬ、と改めて思う。

「着き申した」

と藤馬が言った。

案内されて寝所に通ると、広元は病牀の上に起き上がって、庭の方角に視線を向けていた。広元の視力はもうほとんど残っていない。義時の気配に気づくと、庭に顔を向けたまま、

「ようお越し下された。私もそろそろお会いしとうなっており申した」

と言う。

「それは好都合。それがしも広元殿と茶菓でも頂戴しながら、お喋りしたいものだ、とかく参上しました」

「嬉しいことを仰せになられる」

「しかし、お体が辛ければ、早々に退散いたす」

「なあに、今日は心地よいゆえ、こうして庭からの風に当たっておりました」

広元は侍女に茶菓の用意を命じて、

「早いもので一年になりましたなあ」

と言った。

「あっ、という間の一年でござった」

「お疲れ様でございました」

「それはそれがしの申すこと。法体の、それも病勝ちの広元殿までこき使うて、恐縮に存じております」

「なあに、このような老い耄れでも、お役に立てる内はなんなりと申しつけ下され」

茶菓が運ばれて来た。在り来りの茶菓で、高価なものではない。義時も広元も衣食に贅沢はしない。義時は酒が好きだが、各地の名酒を取り寄せたことなど一度もない。

「それがしのようなしがない武士が、鎌倉幕府の執権などと呼ばれるようになったのも、方々の助けがあってのことでござる」

それは嘘偽りのない本心だった。不思議な偶然の力によって、様々な人たちが義時の力になってくれた。そうした力が働かなければ、いまの義時はない。そういう具合に義時が謀らったわけでもないし、強いたわけでもない。その一方で、多くの人々が犠牲になった。

今回の合戦にしても、勝つべくして勝ったわけではない。勝つべく智恵の限りを尽したが、人間の力には限りがある。瀬田川、宇治川が増水していたのも、渡河出来る浅瀬が見つかったのも偶然のお蔭である。東国の御家人が勢いに乗って一斉に京を目指したのも、不思議な力が働いてのことのように思われる。

なによりの不思議は、後鳥羽上皇という偉人が義時の前に立ち現れたことだった。後鳥羽上皇がいなかったら、義時の幻が現実のものとなることはなかったに違いない。

「義時殿には、それなりの人徳というものが備わっていたのです」

「それは違いましょう」

広元は笑って答えない。

義時は旨くもない菓子を口にして茶を飲んだ。目の前の庭は手入れが行き届いている。庭木の配置も程よく、石もさりげなく配されている。風が通り、小鳥がひっきりなしに飛び交っていた。

「それがしは、死ぬる前に、広元殿だけにはお話しておきたいことがあるのです」

と義時は言った。

「死ぬる、などと――」

「それは言葉の綾でござる。今日、明日に死ぬるつもりは毛頭ありませぬが、人はいつ死んでもおかしくはない」

「それはそうですが――」

「お聞き下さいますか」

「ぜひ、お聞かせ下さい」

義時は頼朝が口にした〈武士による天下の政〉という言葉を広元に伝えた。

「頼朝公が〈武士による天下の政〉と仰せになられたのですか」

「たった一度だけです。二度とお口にはなさらなかった」

広元は瞼を閉じて、その言葉を心で味わっているようだった。

「そのお言葉がそれがしの生涯の道標となったのです。それは幻のようなものでした。あるときは近づき、あるときは遠ざかりながら、その実体を明らかにしませぬ。しかし、その幻は現のごとく、いや現にある如何なるものより、それがしの心を揺るがせ申した。それがしはその幻を追って、ここまで来たのです」

広元は瞼を開け、見えない目で義時を注視して、

「そして、義時殿はついにその幻を現のものとなしたのです」

とはっきりと言った。

義時は広元の言葉を、少時、味わって、

「まこと、そう思われますか」

と問い返す。

「むろんのことです。頼朝公がそれを想い描いて来られたかどうか、それは分からぬ。が、義時殿は、見事、朝廷を抑え込んで、武士が天下を統べる世を創建されたのです」

「それがしもそう思いたい。しかし、その実感が一向にないのです」

広元は幽かに笑った。

「大願成就とは、そうしたものでしょう」

「このことは姉上にも話したことはありませぬ。しかし、誰か一人だけには知っておいてもらいたい。そう思うと自ずと広元殿のお顔が浮かび上がって来ました」

「名誉なことでございます。しかし、義時殿はこれからが大変です。武士が天下を治める上は、下々の者がこれまで以上に苦しめられることがあってはならぬので

す」

「仰せ、ごもっとも」

すでに、新たに任命された地頭が、各地で強引に支配権を行使するようになって来た。本所などへの年貢納入を怠り、種々の名目で農民に雑税を課したり、人夫として駆り出したりしている。当然、訴訟も持ち上がる。

義時はこれに対応するため、地頭が守るべき新補率法を定めて、これを下知しようとしていた。これによって、新地頭の乱暴狼藉を禁じ、地頭の標準の取分を決めるのである。また、各国ごとに荘園と國衙領の調査を徹底し、それを記録した大田文を作成する。これによって、土地支配の秩序を立てようと準備を始めたところだった。

しかし、なぜか、意欲というものに見放された心地がする。これを決め、あれを定め、諸処へ赴いてなすべき務めを果たす。そういうことの一切に、心が躍るように働かなくなってしまった。出来ることなら、以後のことは泰時に任せたい、と思うこともしばしばだった。

一事をやり遂げた、という認識はある。が、その事実から心に強く響いて来るものがない。あるのは空っぽの虚脱感のようなものだった。疲れたのだ、と思う。伊豆に戻ってゆっくり温湯にでも浸かれば、再び、心身が甦って来よう。が、いまのところ、その暇がない。

しかし、こんなことは広元に話す必要はない。話したくもない。義時は冷めた茶の残りを飲み干して、

「長々とお邪魔をしてしまいました。そろそろ、お暇いたしましょう」

と言った。

「左様でございますか」

「お疲れになったのではありませぬか」

「なんの。よきお話を伺えて、なんだか病も去った心地がいたします」

「また、お話に参りましょう」

「ぜひ。お待ちしておりまする」

まだ、陽は高い、馬上に揺られて、ふと、姫前が生きていれば、と思う。姫前のあの年齢を感じさせない端正で気品のある顔が想い出される。姫前とならこの日が来たことの喜びを分かち合えたのではないか。ともに上洛する気にもなったに違いない。後妻の伊賀局ではそういう気が起こらないのが、われながら不可解だった。

「そうだ、銅拍子（どびょうし）だ」

と義時は口に出した。

「なんでござる」

と手綱を牽く藤馬が訊く。

「なんでもない」

「近頃、殿は独言（ひとりごと）が多くなったのではありませぬか」

「黙れ！」

畠山重忠（しげただ）は銅拍子の名手だった。義時の親しい友で、銅拍子の師でもあった。重忠は北条の犠牲となって死んで行った。その友であり師である重忠を、義時は救えなかった。痛恨の思いは、十七年後のいまも、義時の心を噛み続けている。

伊豆に戻って、あの銅拍子を叩こう、と思った。重忠が逝って以来、手にすることはなかったが、伊豆の屋敷には仕舞われているはずだった。あれを叩き、あの音を耳にすれば、眠り掛けている心を、再び、奮い立たせることが出来るのではないか。

「藤馬、一緒に伊豆へ行かぬか」

「お供しましょう」

「伊豆で温湯に入り、その方に銅拍子を聞かせてやろう」

藤馬は笑声を上げた。

貞応二年（一二二三）五月五日、義時と政子は三寅の邸に赴き、ともに節句の宴を楽しむ。三寅は六歳になり、利発な子に成長した。

政子には、

「おおみだい、おおみだい」

と甘え、義時には、

「しっけんどの、しっけんどの」

と懐く。

誰に智恵をつけられたのか、三寅も三寅なりに懸命に務めているようだった。宴は歌い女を呼んで賑やかになった。義村などは興に乗って、衣服を脱いで歌い女に与える始末だった。三寅もはしゃいでいた。

三寅が元服して藤原頼経を名乗るのはこの二年後、征夷大将軍の宣下を受けるのは、その翌年である。頼経は九歳になる。

六月十五日、新補率法発布の宣旨が下されて、ここに正式に新地頭統制の法が整う。

元仁元年（一二二四）正月、泰時が年頭の挨拶に鎌倉へ帰って来た。二年半振りである。泰時には義時に報告し、指示を受ける案件が多々あった。そうした公的な仕事一切を片付けて、一夜、二人は義時の居室で酒を酌み交わした。

このところ、義時の体調はよくない。どこがどうということもないが、なんとなく気怠く腹の具合もよろしくない。が、久々に自慢の嫡男と二人切りになれたのである。飲まずにはおられなかった。

積もる話に種は尽きない。泰時も年が明けて四十二歳になった。義時は泰時の話を聞きながら、おれはよき息子たちに恵まれた、と改めて思う。泰時だけではない。姫前が残してくれた朝時もその弟の重時も、誰に恥じることのない立派な息子である。朝時はすでに三十二歳、重時は二十七歳になる。

「北条がことは、そなたに任すぞ」

と義時はいきなり言った。

話の腰を折られて、

「はっ？」

と泰時が問い返す。

「近い内に、これからのことはすべてその方に任すことになる、と申したのだ」

「では、それがしに三代の執権を、とお心をお決め下されたのですか」

「とうからそう決めていたわ」

泰時は黙って義時の前に両手をついて頭を下げた。

「謹んでお受けいたしまする」

「朝廷が君臨して来た世は、長い歴史を持っておる。が、われら武士が天下の政(まつりごと)をなすのは、史上最初のことだ。それも始まったばかりじゃ。大仕事になるぞ」

「心得ておりまする」

「おれがここまで来られたのは、父時政が端緒を作って下されたからじゃ。が、これからの大仕事は、その方が引き受けねばならぬ」

「一命を賭(と)してやり遂げてご覧に入れます」

「そこでじゃ、その方に言うておきたいことがある」

「承りまする」

「よいか、時房を蔑(ないがし)ろにしてはならぬ。将軍を敬(うやま)え。が、政に口を出されては困る。幕府は合議で事を決せよ。朝廷、宗門との関わりは、武士の尊厳を保てる範囲でうまくやれ」

　そこで、義時は笑ってしまった。

「また、悪い癖が出てしもうたわ。これでは、任せることにはならぬな。まあ、好きにやるがよい」

「いいえ。心懸かりがおありなら、すべて言い置いて下され」

「武士が天下を治めるとはどういうことか、それさえ心得ておれば、それでよいのだ」

「はっ」

「そう先のことではない。このことは大御台様にも告げてあるゆえ、なにも心配は要らぬ。おれには、もはや、なにかをやり遂げる力が残っておらぬのだ。心積もりしておけ」

　義時は泰時の顔を覗き込んで驚いた。高燈台の灯りの中で、泰時の目が潤んでいる。

「おい、どうした」

「父上が寂し気なことを言われるゆえ、つい――」

　そうよ、きっとおれは寂しいんだ。伊豆に帰って、温湯に入るか、銅拍子でも叩いているしか、能のない人間になってしもうたのよ。お前が羨ましいわ。

義時が病に倒れたのは六月十二日だった。薬師の診断によると脚気衝心（脚気による心不全）だ、という。死期を悟った義時は、南無阿弥陀仏を唱えて翌十三日寅の刻（午前四時）に落飾する。この世を旅立ったのは巳の刻（午前十時）である。享年、六十二歳だった。

十八日に盛大な葬送の儀式が執り行われ、一族、御家人が参会し群をなした。頼朝が葬られている法華堂の東の山上を墳墓の地と定め、新法華堂と号される。

翌日、藤馬允の姿が忽然と鎌倉から消えた。

泰時と時房が報せを受けて、京から鎌倉に駆けつけたのは二十七日だった。

義時の死後、後妻の伊賀局の陰謀が明らかになった。伊賀局は義村を抱き込んで、義時との間に生まれた政村を執権に、娘婿の公家一条実雅を将軍に据えようと企てた。これを事前に知った政子が義村を説いて、企ては失敗に帰す。伊賀局と実雅は流罪となって一件は落着した。

しかし、これは義時の関わり知らぬ事件であった。

あとがき

北条の地を訪ねたのは昨年の秋でした。その数日前に、唇に八針縫う怪我をしてしまいました。唇が腫れ上がって、物を食べるのも一苦労です。伊豆行きは無理ではないか、と妻は心配しました。しかし、宿は予約してあるし、一日も早く北条の地に立ってみたいという思いもあって、出掛けて行ったのです。

春を思わす好天に恵まれました。目の前に低い山々に囲まれた長閑な田園風景が広がっています。心安まる穏やかな眺めでした。北条氏は伊豆半島北部の西の一郭を支配していました。その中に蛭ヶ小島があり、下田街道が南北に走り、狩野川が流れています。

北条館は狩野川に面した小山の麓にありました。川の対岸には握飯を想わせる小さい山々が並び、その先は駿河湾です。目を北に向ければ、朝夕、富士が見えます。そんな風景の中で、政子は頼朝に激しく恋したのです。時政と義時は狩野川で鮎釣りを楽しんだのではないか、とふと思いました。海が近いから、海釣りにも行ったかも知れません。

北条の地は、時政や義時にとっては、戦や政治に疲れた体と心を休め、回復させる土地であったのでしょう。だからこそ、義時は父の配所に伊豆を選んだのではないのでしょうか。そして、時政は配所で十年の日々を送って長寿を全うしたのです。そんなあれこれを考えながら、翌日も北条の地を歩きました。私の体と心も十分に癒された二日間でした。

義時を書くに当たって、多くの書物の世話になりました。その主な書物を左記に列記して、感謝の意を表させていただきます。

令和三年春　　嶋津義忠

『吾妻鏡』(『新訂増補　国史大系』)　吉川弘文館
『日本の歴史7　鎌倉幕府』石井　進著　中央公論社
『北条義時』安田元久著　吉川弘文堂
『北条義時』岡田清一著　ミネルヴァ書房
『北条政子』渡辺　保著　吉川弘文館
『承久の乱』坂井孝一著　中央公論新社

著者紹介
嶋津義忠（しまづ　よしただ）
1936年、大阪生まれ。59年、京都大学文学部卒業。産経新聞入社。化学会社代表取締役社長を経て、作家に。
主な著書に、『半蔵の槍』『天駆け地徂く』（以上、講談社）、『半蔵幻視』（小学館）、『わが魂、売り申さず』『乱世光芒 小説・石田三成』『幸村 家康を震撼させた男』『上杉鷹山』『明智光秀』『竹中半兵衛と黒田官兵衛』『小説 松平三代記』『柳生三代記』『上杉三代記』『楠木正成と足利尊氏』『信之と幸村』『賤ヶ岳七本槍』『平家武人伝』『「柔道の神様」とよばれた男』『起返の記 宝永富士山大噴火』（以上、ＰＨＰ研究所）などがある。

本書は、書き下ろし作品です。

ＰＨＰ文庫　北条義時
「武士の世」を創った男

2021年6月14日　第1版第1刷

著　者　嶋　津　義　忠
発行者　後　藤　淳　一
発行所　株式会社ＰＨＰ研究所
東京本部　〒135-8137　江東区豊洲5-6-52
ＰＨＰ文庫出版部　☎03-3520-9617（編集）
普及部　☎03-3520-9630（販売）
京都本部　〒601-8411　京都市南区西九条北ノ内町11

PHP INTERFACE　https://www.php.co.jp/

組　版　株式会社PHPエディターズ・グループ

印刷所　株式会社光邦
製本所　東京美術紙工協業組合

 ISBN978-4-569-90132-9

PHP文庫

竹中半兵衛と黒田官兵衛

秀吉に天下を取らせた二人の軍師

嶋津義忠 著

豊臣秀吉の天下取りは二人の軍師の存在なくして語れない！　竹中半兵衛と黒田官兵衛――認め合い、信頼し合った二人を描く力作長編小説。

PHP文庫

新装版

明智光秀

真の天下太平を願った武将

嶋津義忠 著

天下万民の幸福を願い続けた孤高の智将・光秀。乱世の平定を目前にしながら「本能寺」へと駆り立てたものとは。新装版として復刊!

PHP文庫

北条氏照

秀吉に挑んだ義将

伊東潤 著

小田原北条氏100年の歴史が終わる時、最後の輝きを放った男がいた！　理念を貫き、秀吉に敢然と立ち向かった北条氏照の生涯を描く。

PHP文庫

新装版

島左近

石田三成を支えた義将

佐竹申伍 著

〝信ずる主君のために——〟。敗戦必至の関ヶ原に挑んだ石田三成の参謀・島左近。乱世を戦い抜いた壮絶な生涯を綴った長編歴史小説。

PHP文庫

最強の教訓！ 日本史

河合 敦 著

日本史に登場する偉人たち21名の生き方を臨場感をもって描く。成功するため、よく生き抜くための教訓を、わかりやすく紹介する。